ВАСИЛЬ СТЕФАНИК

КАМІННИЙ ХРЕСТ

ТА ІНШІ ТВОРИ

УКРАЇНСЬКА БІБЛІОТЕКА

Українська Бібліотека
КАМІННИЙ ХРЕСТ
ВАСИЛЬ СТЕФАНИК

Ukrainian Library
THE STONE CROSS
VASYL STEFANYK

Ілюстрація до обкладинки © 2023, Макс Мендор
Вступ © 2023, Glagoslav Publications
Про автора © 2023, Glagoslav Publications
Видавці Максим Ходак і Макс Мендор

Cover Illustration © 2023, Max Mendor
Introduction © 2023, Glagoslav Publications
About the author © 2023, Glagoslav Publications
Publishers Maxim Hodak and Max Mendor

www.glagoslav.nl

ISBN: 978-1-80484-120-4

Ця книга охороняється авторським правом. Ніяка частина цієї публікації не може бути відтворена, збережена в пошуковій системі або передана в будь-якій формі або будь-якими способами без попередньої письмової згоди видавця, а також не може бути поширена будь-яким іншим чином у будь-якій іншій формі палітурки або з обкладинкою, відмінною від тієї, якої було видано, без накладання аналогічного умови, включаючи цю умову, на наступного покупця.

This book is in copyright. No part of this publication may be reproduced, stored in a retrieval system or transmitted in any form or by any means without the prior permission in writing of the publisher, nor be otherwise circulated in any form of binding or cover other than that in which it is published without a similar condition, including this condition, being imposed on the subsequent purchaser.

ВАСИЛЬ СТЕФАНИК

КАМІННИЙ ХРЕСТ

ТА ІНШІ ТВОРИ

GLAGOSLAV PUBLICATIONS

ЗМІСТ

Про автора 7
Вступ 9

Камінний хрест 11
Порча 30
Одна-одинешенька 33
Палій 36
Підпис 56
У корчмі 60
Скін 63
Діти 66
Дід Гриць 68
Кленові листки 73
Амбіції 85
Вовчиця 86
Гріх 89
Марія 93
Сім'я Леся 104

ПРО АВТОРА

Василь Семенович Стефанік був видатною постаттю в історії України, відомим як політичний та культурний діяч. Він народився 14 травня 1871 року в селі Русів, що на той час було частиною Австро-Угорської імперії, а зараз знаходиться в Івано-Франківській області України.

Стефанік здобув освіту в галузі теології, але згодом його інтереси перемістилися до політики та культурного розвитку. Він був активним учасником і популяризатором української літератури та культури, ставши однією з ключових фігур в українському національному русі.

Протягом свого життя Стефанік відігравав значну роль у політичному житті України, особливо під час боротьби за незалежність у роки Першої світової війни. Він був активним у зміцненні української ідентичності та сприяв побудові національної свідомості.

Василь Стефанік також був літератором і перекладачем, зробивши значний внесок у розвиток української літератури. Його творчість включала поезію, прозу та переклади іноземних літературних творів.

Стефанік помер 7 грудня 1936 року, залишивши по собі значну спадщину у вигляді своїх політичних, культурних та літературних досягнень. Його життя та діяльність мали важливе значення для української історії та культури, і його пам'ять продовжує шануватися в Україні.

Василь Стефанік не лише був політичним та культурним діячем, але й залишив по собі значний літературний спадок. Його творчість включає поетичні збірки, прозові роботи та переклади. Серед найвідоміших його творів можна виокремити поезію, яка відображає його глибокі переживання та відданість українській культурі. Його проза часто зосереджена на житті українського селянства, відображаючи реалії того часу.

У вшануванні його пам'яті, в Україні було створено численні пам'ятники, музеї та культурні центри, що носять його ім'я. Його творчість та ідеї продовжують надихати сучасників, а його вклад у розвиток української літератури, культури та політичного життя є невід'ємною частиною культурної спадщини України. Василь Стефанік залишається однією з найяскравіших постатей в історії України, символом національної гідності та культурної самобутності.

ВСТУП

Василь Семенович Стефанік, видатний український письменник, політичний і культурний діяч, заслуговує особливої уваги у вивченні української літератури. Його творчість глибоко вкорінена в українську культурну та історичну традицію, водночас відкриваючи універсальні теми людського існування.

Стефанік вніс значний вклад у розвиток української літератури, використовуючи свої твори як засіб висвітлення соціальних, політичних та моральних питань свого часу. Його стиль характеризується лаконічністю та виразністю.

Одним з найвідоміших творів Стефаніка є новела "Камінний хрест". Цей твір являє собою глибоке роздумування про трагізм еміграції, втрати рідної землі та особистої ідентичності. Він вражає своєю здатністю передати глибокі емоції та душевні переживання персонажів.

В "Камінному хресті" та інших творах Стефаніка часто зустрічається тема еміграції. Це відображення реальних історичних процесів, що торкнулися України у кінці 19 - на початку 20 століття.

Стефанік відомий своїм унікальним стилем, який поєднує простоту мови з глибокою символікою та метафоричністю. Його твори часто використовують локальні діалекти та фольклорні елементи, що надає їм особливої автентичності.

У своїх творах Стефанік створює живі, багатогранні образи. Його персонажі - звичайні люди, але кожен з них несе в собі глибокий внутрішній світ, що відображає універсальні людські досвіди та емоції.

Творчість Стефаніка не обмежується лише зображенням повсякденного життя, але також включає філософські роздуми про сенс життя, мораль, справедливість та особисту відповідальність.

Стефанік мав значний вплив на розвиток української літератури та культури в цілому. Його твори сприяли формуванню національної ідентичності та свідомості.

Його творчість залишається актуальною і сьогодні, викликаючи інтерес у сучасних читачів та дослідників. Її часто аналізують і переосмислюють у контексті сучасних соціальних та культурних реалій.

Василь Стефанік залишив помітний слід у культурному спадку України. Його твори продовжують вивчатися, а його ідеї та погляди на життя продовжують надихати нові покоління українців.

КАМІННИЙ ХРЕСТ

I

Відколи Івана Дідуха запам'ятали в селі ґаздою, відтоді він мав усе лиш одного коня і малий візок із дубовим дишлем. Коня запрягав у підруку, сам себе в борозну; на коня мав ремінну шлею і нашильник, а на себе Іван накладав малу мотузяну шлею. Нашильника не потребував, бо лівою рукою спирав, може, ліпше, як нашильником.

То як тягнули снопи з поля або гній у поле, то однако і на коні, і на Івані жили виступали, однако їм обом під гору посторонки моцувалися[1], як струнви, і однако з гори волочилися по землі. Догори ліз кінь як по леду, а Івана як коли би хто буком по чолі тріснув, така велика жила напухала йому на чолі. Згори кінь виглядав, як би Іван його повісив на нашильнику за якусь велику провину, а ліва рука Івана обвивалася сітею синіх жил, як ланцюгом із синьої сталі.

Не раз ранком, іще перед сходом сонця, їхав Іван у поле пільною[2] доріжкою. Шлеї не мав на собі, лише йшов із правого боку і тримав дишель як би під пахою. І кінь, і Іван держалися крепко, бо оба відпочали через ніч. То як їм траплялося сходити з горба, то бігли. Бігли вдолину і лишали за собою сліди коліс, копит і широчезних п'ят Іванових. Придорожнє зілля і бадилля гойдалося, вихолітувалося на всі боки за возом і скидало росу на ті сліди. Але часом серед найбільшого розгону на самій середині гори Іван починав налягати на ногу і спирав коня. Сідав коло дороги, брав ногу в руки і слинив, аби найти те місце, де бодяк забився.

– Та цу ногу сапов шкребчи, не ти її слинов промивай, – говорив Іван іспересердя.

– Діду Іване, а батюгов того борозного, най біжить, коли овес поїдає...

Це хтось так брав на сміх Івана, що видів його патороч[3] зі свого поля. Але Іван здавна привик до таких сміхованців і спокійно тягнув бодяк дальше. Як не міг бодяка витягнути, то кулаком його вгонив далі в ногу і, встаючи, казав:

– Не біси, вігнієш та й сам віпадеш, а я не маю чєсу з тобою паньякатися...

А ще Івана кликали в селі Переломаним. Мав у поясі хибу, бо все ходив схилений, як би два залізні краки стягали тулуб до ніг. То його вітер підвіяв.

Як прийшов із войська додому, то не застав ні тата, ані мами, лише хатчину завалену. А всього маєтку лишив йому тато букату горба щонайвищого і щонайгіршого над усе сільське поле. На тім горбі копали жінки пісок, і зівав він ярами та печерами під небеса, як страшний велетень. Ніхто не орав його і не сіяв і межі ніякої на нім не було. Лиш один Іван узявся свою пайку копати і сіяти. Оба з конем довозили гною під горб, а сам уже Іван носив його мішком наверх. Часом на долішні ниви спадав із горба його голосний крик:

– Е-ех, мой, як тобов грєну, та й по нитці розлетишси, який же-с тєжкий!

Але, відай, ніколи не гримнув, бо шкодував міха, і поволі його спускав із плечей на землю. А раз вечором оповідав жінці і дітям таку пригоду:

– Сонце пражить, але не пражить, аж вогнем сипле, а я колінкую з гноєм наверх, аж шкіра з колін обскакує. Піт із-за кожного волоска просік, та й так ми солоно в роті, аж гірко. Ледви я добивси на гору. А на горі такий вітрець дунув на мене, але такий легонький, що аж! А підіть же, як мене за мінуту в попереці зачєло ножами шпикати – гадав-сми, що минуси!

Від цієї пригоди Іван ходив усе зібганий у поясі, а люди прозвали його Переломаний.

Але хоч той горб його переломив, то політки[4] давав добрі. Іван бив палі, бив кілля, виносив на нього тверді кицки трави і обкладав свою частку довкола, аби осінні і весняні дощі не споліковували гною і не заносили його в яруги. Вік свій збув на тім горбі.

Чим старівся, тим тяжче було йому, поломаному, сходити з горба.

– Такий песій горб, що стрімголов удолину тручєє! Не раз, як заходячє сонце застало Івана наверху, то несло його тінь із горбом разом далеко на ниви. По тих нивах залягла тінь Іванова, як велетня, схиленого в поясі. Іван тоді показував пальцем на свою тінь і говорив горбові:

– Ото-с ні, небоже, зібгав у дугу! Але доки ні ноги носе, то мус родити хліб!

На інших нивах, що Іван собі купив за гроші, принесені з войська, робили сини і жінка. Іван найбільше коло горба заходився.

Ще Івана знали в селі з того, що до церкви ходив лиш раз у рік, на Великдень, і що курей зціровав. То так він їх научував, що жадна не важилася поступити на подвір'я і порпати гній. Котра раз лапкою драпнула, то вже згинула від лопати або від бука. Хоч би Іваниха хрестом стелилася, то не помогло.

Та й хіба ще то, що Іван ніколи не їв коло стола. Все на лаві.

– Був-сми наймитом, а потім вібув-сми десіть рік у воську, та я стола не знав, та й коло стола мені їда не йде до трунку.

Отакий був Іван, дивний і з натурою, і з роботою.

II

Гостей у Івана повна хата, ґазди і ґаздині. Іван спродав усе, що мав, бо сини з жінкою наважилися до Канади, а старий мусив укінці податися.

Спросив Іван ціле село.

Стояв перед гостями, тримав порцію горівки у правій руці і, видко, каменів, бо слова не годен був заговорити.

– Дєкую вам файно, ґазди і ґаздині, що-сте ні мали за ґазду, а мою за ґаздиню…

Не договорював і не пив до нікого, лиш тупо глядів наперед себе і хитав головою, як би молитву говорив і на кожне її слово головою потакував.

То як часом якась долішня хвиля викарбутить великий камінь із води і покладе його на беріг, то той камінь стоїть на березі тяжкий і бездушний. Сонце лупає з нього черепочки давнього намулу і малює по нім маленькі фосфоричні звізди. Блимає той камінь мертвими блисками, відбитими від сходу і заходу сонця, і кам'яними очима своїми глядить на живу воду і сумує, що не гнітить його тягар води, як гнітив від віків. Глядить із берега на воду, як на утрачене щастя.

Отак Іван дивився на людей, як той камінь на воду. Потряс сивим волоссям, як гривою, кованою зі сталевих ниток, і договорював:

– Та дєкую вам красно, та най вам бог дасть, що собі в него жєдаєте. Дай вам боже здоров'є, діду Міхайле…

Подав Михайлові порцію і цілувалися в руки.

– Куме Іване, дай вам боже прожити ще на цім світі, та най господь милосердний щасливо запровадить вас на місце та й допоможе ласков своєв наново ґаздов стати!

– Коби бог позволив… Ґазди, а проше, а доцєгніть же… Гадав-сми, що вас за стів пообсаджую, як прийдете на весілє синове, але інакше зробилося. То вже таке настало, що за що наші діди та й тати не знали, то ми мусимо знати. Господа воля! А законтентуйте5 ж си, ґазди, та й вібачєйте за решту.

Взяв порцію горівки та підійшов д жінкам, що сиділи на другім кінці стола від постелі.

– Тимофіхо, кумо, я хочу до вас напитиси. Дивюси на вас, та й ми, як якись казав, молоді літа нагадуютьси. Де, де, де-е? Ото-сте були хлопєнна6 дівка, годна-сте були! То-сми за вами не одну нічку збавив, то-сте в данці ходили, як сновавка7 – так рівно! Ба, де, кумо, тоті роки наші! Ану-ко пережийте та й вібачєйте, що-м на старість данець нагадав. А проше…

Глянув на свою стару, що плакала між жінками, і виймив із пазухи хустину.

– Стара, ня, на-коб тобі платину та файно обітриси, аби я тут ніяких плачів не видів! Гостий собі пилнуй, а плакати ще доста чєсу, ще так си наплачеш, що очі ти витечуть.

Відійшов до ґаздів і крутив головою.

– Щось би-м сказав, та най мовчу, най шіную образи в хаті і вас яко грешних. Але рівно не дай боже нікому доброму на жіночий розум перейти! Аді, видите, як плаче, та на кого, на мене? На мене, ґаздине моя? То я тебе вікорінував на старість із твої хати? Мовчи, не хлипай, бо ти сиві кіски зараз обмичу, та й підеш у ту Гамерику, як жидівка.

– Куме Іване, а лишіть же ви собі жінку, таже вона вам не воріг, та й дітем своїм не воріг, та її банно[8] за родом та й за своїм селом.

– Тимофіхо, як не знаєте, то не говоріть анідзелень! То її банно, а я туда з віскоком іду?!

Заскреготав зубами, як жорнами, погрозив жінці кулаком, як довбнею, і бився в груди.

– Озміть та вгатіть ми сокиру отут у печінки, та, може, той жовч пукне, бо не втримаю! Люди, такий туск, такий туск, що не памнєтаю, що си зо мнов робить!

III

– А проше, ґазди, а озміть же без царамонії та будьте вібачні, бо ми вже подорожні. Та й мені, старому, не дивуйтеси, що трохи втираю на жінку, але то не задурно, ой, не задурно. Цего би ніколи не було, якби не вона з синами. Сини, уважєєте, письменні, так як дістали якесь письмо до рук, як дістали якусь напу[9], та як підійшли під стару, та й пилили, пилили, аж перерубали. Два роки нічо в хаті не говорилоси, лиш Канада та й Канада. А як ні достинули, як-єм видів, що однако ні муть отут на старість гризти, як не піду, та й єм продав щодо крішки. Сини не хотє бути наймитами післі мої голови та й кажуть: «Ти наш тато, та й заведи нас до землі, та дай нам хліба, бо як нас розділиш, та й не буде з чим киватиси». Най їм бог помогає їсти тот хліб, а мені однако гинути. Але, ґазди, де мені, переломаному, до ходів? Я зробок – ціле тіло мозиль, кості дрихлаві, що заки їх рано зведеш докупи, то десіть раз йойкнеш!

– То вже, Іване, пропало, а ви собі туск до голови не припускайте. А може, як нам дорогу покажете, та й усі за вами підемо. За цим краєм не варт собі туск до серця брати! Ца земля не годна кілько народа здержіти та й кількі біди вітримати. Мужик не годен, і вона не годна, обоє вже не годні. І саранчі нема, і пшениці нема. А податки накипають: що-с платив лева, то тепер п'єть, що-с їв солонину, то тепер барабулю. Ой, ззолили нас, так нас ймили в руки, що з тих рук ніхто нас не годен вірвати, хіба лиш тікати. Але колись на ці землі буде покаяніє, бо нарід поріжеси! Не маєте ви за чим банувати[10]!..

— Дєкую вам за це слово, але єго не приймаю. Певне, що нарід поріжеси. А тож бог не гніваєси на таких, що землю на гиндель[11] пускають? Теперь нікому не треба землі, лиш викслів та банків. Теперь молоді ґазди мудрі настали, такі фаєрмани[12], що за землев не згоріли. А дивіть-ко си на ту стару скрипку, та пускати її на гиндель?! Таже то дуплава верба, кини пальцем, та й маком сєде! Та гадаєте, що вона зайде на місце? От, перевернеси десь у окіп та й пси розтєгнуть, а нас поженуть далі і подивитиси не дадуть! Відки таким дітем має бог благословити? Стара, а суди ж!

Прийшла Іваниха, старенька і сухонька.

— Катерино, що ти собі, небого, у свої голові гадаєш? Де ті покладу в могилу? Ци риба ті має з'їсти? Та тут порєдні рибі нема що на один зуб узєти. Аді!

І натягав шкіру на жінчиній руці і показував людям.

— Лиш шкіра та кості. Куда цему, ґазди, йти з печі? Була-с порєдна ґаздиня, тєжко-с працювала, не гайнувала-с, але на старість у далеку дорогу вібрала-си. Аді, видиш, де твоя дорога та й твоя Канада? Отам!

І показав їй через вікно могилу.

— Не хотіла-с іти на цу Канаду, то підемо світами і розвіємоси на старість, як лист по полі. Бог знає, як з нами буде... а я хочу з тобов перед цими нашими людьми віпрощитиси. Так, як слюб-сми перед ними брали, та так хочу перед ними віпрощитиси з тобов на смерть. Може, тебе так кинуть у море, що я не буду видіти, а може, мене кинуть, що ти не меш видіти, та прости ми, стара, що-м ти не раз догорив, що-м, може, ті коли скривдив, прости мені і перший раз, і другий раз, і третій раз.

Цілувалися. Стара впала Іванові на руки, а він казав:

– А то ті, небого, в далеку могилу везу...

Але сих слів уже ніхто не чув, бо від жіночого стола надбіг плач, як вітер, що з-поміж острих мечів повіяв та всі голови мужиків на груди похилив.

IV

– А тепер ступай собі, стара, межи ґаздині та пильнуй, аби кожду своє дійшло, та напийси раз, аби-м ті на віку видів п'єну.

– А вас, ґазди, я ще маю на два гатунки просити. Десь, може, сини пусте в село на пошту, що нас із старов уже нема. Та би-м просив вас, аби-сте за нас наймили служебку та й аби-сте си так, як сегодні, зійшли на обідець та віказали очинаш за нас. Може, пан бог менше гріха припише. Я гроші лишу Якові, бо він молодий та й слушний чоловік та не сховає дідів грейцір.

– Наймемо, наймемо і очинаш за вас вікажемо…

Іван задумався. На його тварі малювався якийсь стид.

– Ви старому не дивуйтеси та не смійтеси з діда. Мені самому гей устид вам це казати, але здає ми си, що би-м гріх мав, якби-м цего вам не сказав. Ви знаєте, що я собі на своїм горбі хресток камінний поклав. Гірко-м віз і гірко-м го наверх вісаджував, але-м поклав. Такий тєжкий, що горб го не скине, мусить го на собі тримати так, як мене тримав. Хотів-єм кілько памнєтки по собі лишити.

Стулив долоні в трубу і притискав до губів.

– Так баную за тим горбом, як дитина за цицков. Я на нім вік свій спендив[13] і окалічів-єм. Коби-м міг, та й би-м го в пазуху сховав, та й взєв з собов у світ. Банно ми за найменшов крішков у селі, за найменшов дитинов, але за тим горбом таки ніколи не перебаную.

Очі замиготіли великим жалем, а лице задрожало, як чорна рілля під сонцем дрожить.

– Оцеї ночі лежу в стодолі, та думаю, та думаю: господи милосердний, ба що-м так глібоко зогрішив, що женеш ні за світові води? Я ціле житє лиш роб, та й роб, та й роб! Не раз, як дниика кінчиласи, а я впаду на ниву та й ревно молюси до бога: господи, не покинь ні ніколи чорним кавалком хліба, а я буду все працювати, хіба бих не міг ні руков, ні ногов кинути…

– Потім мене такий туск напав, що-м чиколонки[14] гриз і чупер собі микав, качєв-єм си по соломі, як худобина. Та й нечисте цукнулоси до мене! Не знаю і як, і коли вчинив-єм си під грушков з воловодом. За малу филю був би-м си затєг. Але господь милосердний знає, що робить. Нагадав-єм собі за свій хрест та й мене геть відійшло, їй, як не побіжу, як не побіжу на свій горб! За годинку вже-м сидів під хрестом. Посидів, посидів довгенько – та й якось ми легше стало.

– Аді, стою перед вами і говорю з вами, а тот горб не віходит ми з голови. Таки го виджу та й виджу, та й умирати буду та й буду го видіти. Все забуду, а його не забуду. Співанки-м знав – та й на нім забув-єм, силу-м мав – та й на нім лишив-єм.

Одна сльоза котиласи по лиці, як перла по скалі.

– Та я вас прошу, ґазди, аби ви, як мете на світу неділю поле світити, аби ви ніколи мого горба не минали. Будь котрий молодий най вібіжить та най покропить хрест свіченов водицев, бо знаєте, що ксьондз на гору не піде. Прошу я вас за це дуже грешно, аби-сьте мені мого хреста ніколи не минали. Буду за вас бога на тім світі просити, лиш зробіть дідові єго волю.

Як коли би хотів рядном простелитися, як коли би добрими, сивими очима хотів навіки закопати в серцях гостей свою просьбу.

– Іване, куме, а лишіть же ви туск на боці, геть єго відкиньте. Ми вас усе будемо нагадувати, раз назавше. Були-сте порєдний чоловік, не лізли-сте натарапом15 на нікого, нікому-сте не переорали, ані пересіяли, чужого зеренця-сте не порунтали16. Ой, ні! Муть вас люди нагадувати та й хреста вашого на світу неділю не минуть.

Отак Михайло розводив Івана.

V

– Вже-м вам, панове ґазди, все сказав, а тепер хто ні любить, та тот буде пити зо мнов. Сонечко вже над могилов, а ви ще порцію горівки зо мнов не віпили. Заки-м ще в свої хаті і маю гості за своїм столом, то буду з ними пити, а хто ні навидить, то буде також.

Почалася пиятика, та пиятика, що робить із мужиків подурілих хлопців. Незабавки п'яний уже Іван казав закликати музику, аби грав молодіжі, що заступила ціле подвір'я.

– Мой, маєте так данцувати, аби земля дудніла, аби одної травички на току не лишилоси!

В хаті всі пили, всі говорили, а ніхто не слухав. Бесіда йшла сама для себе, бо треба її було конче сказати, мусили сказати, хоч би на вітер.

– Як-єм го віпуцував[17], то був віпуцований, котре чорний, то як сріблом посипав по чорну, а котре білий, то як маслом сніг помастив. Коні були в мене в ордунку[18], цісар міг сідати! Але-м гроший мав, ой, мав, мав!

– Коби-м учинився серед тако пустині – лиш я та бог аби був! Аби-м ходів, як дика звір, лиш кобих не видів ні тих жидів, ні панів, ні ксьондзів. Отогди би називалоси, що-м пан! А ца земля най западаєси, най си і зараз западе, то-м не згорів. За чим? Били та катували наших татів, та в ярем запрєгали, а нам уже кусня хліба не дають прожерти… Е, кобито так по-мому…

– Ще не находився такий секвертант[19], аби що з нього стєг за податок, он, ні! Був чех, був німець, був поляк – г… пробачєйте, взєли. Але як настав мадзур, та й найшов кожушину аж під вишнев. Кажу вам, мадзур біда, очі печи та й гріху за него нема…

Всякої бесіди було богато, але вона розліталася в найріжніші сторони, як надгнилі дерева в старім лісі.

В шум, гамір, і зойки, і в жалісну веселість скрипки врізувався спів Івана і старого Михайла. Той спів, що його не раз чути на весіллях, як старі хлопи доберуть охоти і заведуть стародавніх співанок. Слова співу йдуть через старе горло з перешкодами, як коли би не лиш на руках у них, але і в горлі мозілі понаростали. Ідуть слова тих співанок, як жовте осіннє листя, що ним вітер гонить по замерлій землі, а воно раз на раз зупиняється на кожнім ярочку і дрожить подертими берегами, як перед смертю.

Іван та й Михайло отак співали за молодії літа, що їх на кедровім мості здогонили, а вони вже не хотіли назад вернутися до них навіть у гості.

Як де підтягали вгору яку ноту, то стискалися за руки, але так кріпко, аж сустави хрупотіли, а як подибували дуже жалісливе місце, то нахилювалися до себе і тулили чоло до чола і сумували. Ловилися за шию, цілувалися, били кулаками в груди і в стіл і такої собі своїм заржавілим голосом туги завдавали, що врешті не могли жадного слова вимовити, лиш: «Ой Іванку, брате!», «Ой Міхайле, приятелю!»

VI

– Дєдю, чуєте, то вже чєс віходити до колїї, а ви розспівалиси як задобро-миру.

Іван витріщив очі, але так дивно, що син побілів і подався назад, та й поклав голову в долоні і довго щось собі нагадував. Устав із-за стола, підійшов до жінки і взяв її за рукав.

– Стара, гай, машір[20] – інц, цвай, драй! Ходи, уберемоси по-панцьки та й підемо панувати.

Вийшли обоє.

Як уходили назад до хати, то ціла хата заридала. Як би хмара плачу, що нависла над селом, прірвалася, як би горе людське дунайську загату розірвало – такий був плач. Жінки заломили руки і так сплетені держали над старою Іванихою, аби щось ізгори не впало і її на місці не роздавило. А Михайло ймив Івана за барки, і шалено термосив ним, і верещав як стеклий[21].

– Мой, як-єс ґазда, то фурни тото катранє[22] з себе, бо ті віполичкую[23] як курву!

Але Іван не дивився в той бік. Ймив стару за шию і пустився з нею в танець.

– Польки мені грай, по-панцьки, мам гроші!

Люди задеревіли, а Іван термосив жінкою, як би не мав уже гадки пустити її живу з рук.

Вбігли сини і силоміць винесли обоїх із хати.

На подвір'ю Іван танцював дальше якоїсь польки, а Іваниха обчепилася руками порога і приповідала:

– Ото-мси ті віходила, ото-мси ті вігризла оцими ногами!

І все рукою показувала в повітрю, як глибоко вона той поріг виходила.

VII

Плоти попри дороги тріщали і падали – всі люди випроваджували Івана. Він ішов зі старою, згорблений, в цайговім, сивім одінню і щохвиля танцював польки.

Аж як усі зупинилися перед хрестом, що Іван його поклав на горбі, то він трохи прочуняв і показував старій хрест:

– Видиш, стара, наш хрестик? Там є відбито і твоє намено. Не біси, є і моє, і твоє…

1900

ПРИМІТКИ

1 – Моцуватися – натягуватися.
2 – Пільною – польовою.
3 – Патороч – клопіт, морока.
4 – Політок – урожай.
5 – Контентний – вдоволений.
6 – Хлопєнний – дужий, міцний.
7 – Сновавка – веретено.
8 – Банно – жаль.
9 – Напа – географічна карта.
10 – Банувати – тужити.
11 – Гиндель – продаж, торгівля.
12 – Фаєрман – тут: крутій.
13 – Спендити – збути (вік), промучитися.
14 – Чиколонки – кісточки.
15 – Натарапом – нахабно.
16 – Порунтати – рушити, взяти, вкрасти.
17 – Віпуцувати – виходити, вигодувати, вичистити.
18 – Ордунок – порядок.
19 – Секвертант – збирач податків.
20 – Машір – марш.
21 – Стеклий – оскаженілий, скажений.
22 – Фурни тото катране – скинь оце лахміття.
23 – Віполичкувати – набити по лиці.
24 – Цайг – дешева матерія.

ПОРЧА

У Романихи захворіла корова. Лежала на соломі й сумно дивилася великими сірими очима. Ніздрі тріпотіли, шкура зморщувалася - тремтіла вся в гарячці. Пахло від неї хворобою і болем страшним, але німим. У таких випадках найбільше шкода, що худоба не може заговорити, поскаржитися.

– Ясна річ – не виживе. Якби в неї було щось із кров'ю, може, й полікував би, а то хтось напустив порчу, глянув на неї дурним оком, щоб у нього обидва повилазили, ну й нічого з нею робити. Сподівайтеся на бога, може, й утішить вас... – так говорив Ілаш, який знався на худобі.

– Ох, Ілашко, видно, не виживе, а не виживе вона, так і мене не треба. Я життя поклала, щоб корівку добути. Без чоловіка залишилася, син помер у солдатах, а я маялася та трудилася день і ніч. Які вже довгі зимові ночі, а я, бувало, до світла за прядкою, так що пальці розпухнуть і в очах пісок. Один бог знає, як я кожен грейцер гірко ховала, поки зібрала...

– Це вже, бачте, у бідного завжди так, хоч по лікті руки попрацюй, а все без толку. Вже так виходить, що робити? Треба так жити...

– Ох, бідна моя голівонька, ох, як тут бути, що робити, кого питати?

— А ви знайдіть день, замовте молебень, частування поставте. А то сходіть на богомілля до Івана Сучавського; кажуть, допомагає.

— Ох, я вже й молебень відслужила Зарваницькій богоматері, і другий, Івану Сучавському, замовлю.

— Може, кажу, допоможе бог, на нього сподівайтеся. Ну, пошли вам господь усього найкращого.

І Ілаш пішов.

Романиха сіла біля корови, щоб уберегти її від загибелі. Давала їй усе, що мала найкращого, але та не хотіла нічого їсти. Лише дивилася на стару й розтравлювала їй душу.

— Маленька, маленька, що в тебе болить? Не залиш стару без ложки молока. Потіш мене хоч недовго. — І вона гладила корові лоб і кадик, голосила над нею.

— Де, де я на іншу візьму? Вже я ні пальців скласти, ні голку встромити не в силах: де мені, старій, на корову розжитися!

Корова тремтіла. Романиха вкрила її своїм кожухом, а сама стояла над нею роздягнена на морозі. Стукала зубами, але не відходила ні на крок.

— А може, це за гріхи мене бог карає? Адже не раз я через тебе, голубко, згрішила. Десь за межею попасла, десь гілочку обламала, а десь у когось захворіє, чи баба після пологів, а я вже йду з кринкою, молочко несу. Та й сиру роздавала людям до мамалиги. Господи, не карай мене, бідну вдову. Нічого я чужого не чіпатиму, тільки змилуйся над моєю коровою.

Так до пізньої ночі голосила Романиха над коровою. Кропила її святою водою, але й це не допомагало. Корова витягнула ноги на весь хлів, здіймала боки й мукала від болю. Баба гладила її, обіймала, голосила над нею, але все це було ні до чого.

У відчинені двері хліва світив місяць, і стара бачила кожен рух корови. Та, нарешті, піднялася. Вона ледь трималася на ногах. Озиралася в стійлі, немов прощалася з кожним куточком.

Потім упала на солому й витягнулася, як стуна. Романіха припала до неї і, сама не своя, терла її соломою. Потім корова заревіла і почала бити ногами. Романісі стало жарко, жовто в очах, і вона, закривавлена, впала. Корова била ногами і роздирала стару на шматки.

Обидві боролися зі смертю.

ОДНА-ОДИНЕШЕНЬКА

Он у тій халупі, що привалилася до горбатого пагорба, як розчавлений жучок, лежала бабця. Під боком мішок, а під головою брудна жорстка подушка. Біля баби на земляній підлозі – шматок хліба та глечик із водою. Усе це залишили діти, йдучи на роботу, щоб у бабці було що поїсти й попити. Небагато, та краще взяти ніде. А сидіти з хворою в страдну пору, бачить бог, не доводиться.

У халупі дзижчали мухи. Вони сідали на хліб і їли його, залазили в глечик і пили воду. Наївшись, сідали на стару. Лізли в очі, в рот. Вона стогнала, але відігнати мух не могла.

Лежала на підлозі й ловила блукаючим поглядом хрест, вирізаний на матиці. Насилу розтискала запечені губи і змочувала їх білим язиком.

Крізь скло пробивалося сонячне світло. На зморшкуватому обличчі грали райдужні фарби. Страшний був у бабки вигляд при цьому освітленні. Мухи настирливо дзвенять, різнокольорові відблиски повзають разом із ними по бабці, а вона чмокає губами і білий язик висовує. Халупа була схожа на закляту печеру з великою грішницею, приреченою на муки від створення світу до страшного суду.

А коли промінь сонця переповз бабці в ноги і став біля зав'язки мішка, стара почала кататися по землі, шукати глечик.

– Глянь, глянь, о–о!

Баба вщухла. Тільки відганяла рукою видіння.

З–під печі виліз чорт із довгим хвостом і сів біля бабки. Та, зібравши всі сили, відвернулася від нього. Чорт знову пересів навпроти. Узяв хвіст у руки й давай гладити ним бабку по обличчю. Вона тільки очима моргала, зціпивши зуби.

Тут вилетіла з печі хмара маленьких чортенят. Вони нависли над бабкою, як сарана над сонцем, або як зграя воріт над лісом. А потім накинулися на бабку. Залазили у вуха, в рот, сідали на голову. Баба оборонялася. Тикала великим пальцем у середній і норовила піднести їх до чола, щоб перехреститися. Але чортенята сідали всім гуртом на руку і не давали бабці осінити себе хрестом. Старий сатана махав на неї рукою, щоб не балувала.

Стара довго боролася, але перехреститися не змогла. Під кінець чорт обійняв її за шию і так захохотів, що бабця ривком стала на коліна і перевалилася обличчям до вікна.

Звідти летіли на неї вершники. У зелених куртках, із люльками в зубах, на червоних конях. Усе ближче, ближче – зараз наскочать, і пропала бабка!

Вона заплющила очі. Земля в хаті розступалася, і стара з'їжджала в ущелину, вниз, падала все нижче й нижче. У самому низу чорт звалив її собі на спину і понісся, як вітер. Стара рвонулася і як дасть головою об стіл!

Потекла кров, бабця схлипнула і померла. Закинула голову біля ніжки столу і косилася звідти на стіни широко розкритими мертвими очима. Чорти більше не гарцювали, тільки мухи залюбки лизали кров. Вони окров'янили собі крильця. І все більше їх, червоних, літало по хаті.

Вони сідали на чорні чавуни під піччю і на миски в посудній шафі, на яких були намальовані вершники в зелених куртках із люльками в зубах. Мухи розносили бабусину кров усюди.

ПАЛІЙ

I

Сільський богач Андрій Курочка сидів коло стола і обідав,– не обідав, а давився кожним куснем… Домашня челядь входила до хати, вносила заболочені цебри, сварилася, метушилася і виносила їх між худобу. Богацькі діти і слуги були брудні і марні. Вони двигали на собі необтесаний і тяжкий ярем мужицького богацтва, котре ніколи не дає ані спокою, ані радості ніякої. Сам богач найгірше томився у тім ярмі, найбільше проклинав свою долю і безнастанно підганяв своїх дітей і наймитів.

Коло нього на лаві, під вікном, сидів його довголітній робітник, старий Федір.

– Я ніколи не маю такої щасливої години, аби я спокоєм кусень хліба прожер. Бігаю та вганяю, та лиш десь уздрите, а я впаду та й здохну! А мені ж оца їда має йти в смак, як я знаю, що вони без мене в стодолі нічо не роблєть? Лиш аби нажертися та день трутити! Що вже чужим казати, як свої діти – та й вони не хотє робити! Я, бігме, не знаю, як цес нарід має на світі жити? Всьо піде на жебри.

І халасував, аж йому очі вилазили.

– А ви чого, Федоре, надходили?

– Ви не знаєте, які наші ходи? Зима йде, а я босіський, та дайте ми два леви на відробок.

– А ви ж годні робити? Вже ваша робота скінчилася, Федоре.

– Най би-м і не робив, лиш коби хто дав їсти задурно.

– Це не! Сегодні задурно нема їсти, сегодні і за роботу не варт дати їсти, така та робота! А казав-єм вам: найміть у мене дівку, були би-сте тепер мали свої гроші.

– Коли ж бо не хотіла та й пішла до двора.

– Таже, певне, хто не хоче робити, та й пхаєси до двора, бо хоть їсти трішки, але мож валєтиси. Бідні люди такі настали, що лиш аби раз на день їв, але аби нічого не робив, та й тогди рай! Як робє, так мають, так їм бог благословить. Сегодні би у вужевку скрутитиси, аби щось мати... Та тих два леви я ще вам дам, що буду з вами робити, може, якось відтрутите, але більше не приходіть і не банujte, бо не дам. Самі видите, що ваша робота ніпочому.

– Та я, Андрію, мушу си коло людий тулити, а де ж я си подію?!

– Дівайтеси, де хочете, а межи газди ви вже нездатні. Шукайте собі служби у жида або в пана – там робота легша.

– Ви мене файно радите! Як я силу коло вас лишив, аби я на старість ішов жидам воду носити?

– Задурно-сте мені не робили.

– От, бувайте здорові.

І Федір вийшов з хати.

– Ну, та ці жебраки всьо би забрали! Таке воно кашливе та заслинене, що ціпа в руках не годно удержати, та й ще воно кокошитьси! Іди на зломану голову, гадає, що я гроші кую або краду!

Федір чалапав до своєї хати а не переставав шептати:

– А я ж, Андрійку, де силу пустив? Ци я її проданцував, ци я її пропив? Таже вся вона сіла в тебе, на твоїм подвір'ю. А я ж, Андрійку, де силу пустив?

В хаті скинув чоботи та й ляг на постіль. Лежав до самого вечора і без вечері заснув. Але ще кури не піяли, як він зірвався, гримнув клубами до дощок, знов ляг і знов зірвався. Через маленьке віконце гляділа на нього осіння ніч. Десь то і не ніч, але чорна жура, що голосила по вуглах хати і дивилася на нього сивавим, немилосердним оком. Воно його так зціпило, що він не міг рушитися, і показувало йому ніби образи на віконці, ніби привиди у повітрі.

Ото сидить він між маленькими жидиками, дозирає їх, пістує, а вони його тягають за чупер, плюють у лице...

...То знов клячить він у церкві, у тім куті, де жебраки чолами об підлогу гримають. Він гримає ще голосніше, а всі жінки йдуть до нього і дають кожна по бохонцеві хліба. Він їх кладе в пазуху, кладе і стає такий широкий, що люди розступаються. А йому стид, стид, а чоло так болить!..

...О, він іде городом Курочки – не йде, а скрадається під стодолу. Витягає снопок із стріхи, насипає в нього з люльки ватерки і тікає, тікає... Чує поза собою, як коли очима видить, що з-під стріхи вилизується маленький, червоний язичок, вилизується і ховається...

– Ой, йой! йой!

Той язичок запік його у самий мозок. З усієї сили він освободився з невидимих пут, зірвався і подивився у віконце. Воно, як кат, прошибало його наскрізь.

Знов звалить і буде мордувати своїми образами. Настрашився, не бачив ніякого виходу, звертівся аби десь утекти. І перед ним як би якісь ворота створилися, йому стало легше, і він борзенько подався до них.

ІІ

Може, мав шіснайцять літ, як ішов зі свого села. Такої ясної днини, такого веселого сонця він ніколи вже не бачив. Воно пестило зелені трави, сині ліси і білі потоки. Оглянувся за селом. Коби хто прийшов і сказав одно слово, та й вернув би ся, ой тото вернув би ся!

– Він мене б'є, катує, їсти не дає, нічого на мене не покладе,– лунав його голос по зелених травах.

– Бодай же вас, тату, земля не прожерла!

І ще скорше пішов. Минув сільські поля, поминув ще два села і з горба побачив місто, що вилискувалося проти сонця, як змій блискучий.

Усі дивувалися його силі і боялися. Жиди не потручували, а робітники не побирали на сміх і не робили збитків. Шпурляв мішками, як галушками. Отак день від дня то з брики до шпіхліра, то зі шпіхліра на брику.

– Хребет ми тріскає від тих міхів!

– Пий горівку, та затерпне.

І справді від горівки хребет затерпав, як би рукою відняло.

А в неділю і свята йшов з товариством до шинку. Ті шинки стояли за містом, між селом і містом. Хто не мав уже примістя в селі, той вандрував насамперед тут, а хто не мав що в місті робити, то вертався також сюди. Бо то не було ані село, ані місто.

Бували там забави по тих шинках!

Зразу пани з міста перед водили. Розповідали про свої давні достатки, про те, кілько з цісарської каси щопершого грошей побирали, які шати носили. Мужики слухали, частували горівкою з великої пошани. Але як трохи підпилися, то виломлювалися з-під їх моральної власті, і тоді панам приходилося круто.

– Ану, пани, охота! Хапайтеси за шиї та гуляйте нам тої польки, най ми видимо, як то межи таким великим панством водитьси?

Пани гуляли, мусили, мужики обступали їх колесом і реготалися, аж коршма дудніла.

– Гопа дзісь!

– Іще раз!

– Полігоньки, плавно враз!

– Гов, доста! Тепер пийте горівку, забирайте свої панцькі воші по кишенях та й марш із коршми, бо мужики хотє собі самі межи собов погуляти!

І пани, як заяці, висувалися.

– Я тих панів умію ріхтувати, то таке легоньке, як пір'є; подуй – воно полетіло.

– Мой, Юдо, давай вудку, давай піво, давай гарак, бо ми си знаємо!

Жид борзенько накладав усього на стіл і зараз відбирав гроші.

– Ти, Безклубий, ти чого ревеш? За клубом? Пий та й запри собі гамбу, бо в мене забава!

Безклубий іще гірше заревів.

– Тихо, бо б'ю!

– Не руш!

– А то котрий, мо?!

– А ти що за пан?

Федір устав із-за стола і тріснув того напасного в лице.

– Ти в неділю переш? Та то гріх!

І ударом лавки звалив Федора на землю. Зробилися дві партії. В коршмі все заворушилося. Жид утік, горівка булькотіла на землю, столи і лавки почервоніли від крови і, поломані, падали. А в болоті зі слини, горівки і крови лежали обі партії і стогнали. Лише Безклубий сидів у куточку і ревів, як віл, – не знати за ким і за чим.

Незабаром прибігла поліція і тверезила голодняків. З гіркою бідою підоймала на ноги, потім одним махом звалювала з ніг. Голодняки падали, як дуби, а підносилися, як глина. Як їх протверезили, то провадили до арешту.

Їхав дорогою поміж полями на бриці міхів. Пшениці і жита, як золоті і срібні гаї, та й легким вітром до себе клонилися. По золоті і по сріблі плавали легенькі, чорні хмарки, як тонка шовкова сіть. Море сонця у морі безмежних ланів. Земля під колоссям ляшіла, співала, словами говорила.

– Мошку, на важки, бо йду собі геть!

Зіскочив з брики і пішов межами поміж житами. На вечір зайшов до Андрія Курочки.

– Ти, певне, або злодій, або лайдак, бо добрий не йде із свого села і не блукає світами!

– Мете видіти... Тато що по панчині не пропили, то голодних років попродали, та й приймили зятя до сестри, та й умерли, а зять доти бив, аж-єм утік від хати.

– А у вас, у бойків, бачу, коровами орють?

– Ні, то, відай, ще за нами є німці, та вони коровами орють.

– Та скинь постоли, та винеси кожушину до хорім, аби-с не напустив нендзи, та й лєгай. А церква у вас така, як у нас? І ксьондз є?

– Так саме, як у вас.

– Та буду видіти, як си вдаш. Не будеш порушливий, а роботи не меш боятиси, та й тє найму.

Наймився. Село пізнало його, що не злодій, що робітник добрий, що добре на себе старає, і приймило за свого. А він пізнав, як котре поле називається, чиє воно, чи вимокає, чи висихає, котре в селі найліпший злодій, котре найбільший богач – і зробився сільський.

Послужив кілька літ, а добрі люди зачали його радити, аби став газдою.

– Ти не будь дурний, а як дає кавалочок города, а дівка годна і постарана, та й бери. А маєш гроші заслужені, а ще приробиш, так клади собі хату. А най вона буде як куча, але твоя! А ци дощ, ци зима, ци таки так нема роботи, то вже ти не кукуєш із-за богацького вугла і не гниєш по яслах, бо ти маєш свій кут. Слухай мене, старого...

Оженився, будував хату і тріскав від роботи, від своєї і чужої. Носив дошки на плечах з міста, відробляв старі сніпки, що взяв на стріху, і заробляв гроші то на вікна, то на двері. Два роки минуло, заки поклав хату. Хатчина маленька, непоказна, виглядала між другими хатами, як би хто пустив між громаду гарних птахів маленьку, кострябату курочку. Але Федорові вона і така була мила...

Минуло кільканайцять років, а перед Федорову хатчину принесли люди червоні хоругви. В хаті на лаві лежала його Катерина – велика і груба, аж страшна. Федір тримав коло себе двоє дівчат: одинайцятилітню Настю і восьмилітню Марійку і все їх питався:

– Що мемо, доньки, без мами діяти? Котра з вас дєдеві обід зварить?

А як жінку ложили в трунву, то він заридав:

– Беріть її полегоньки, бо в неї тіло дуже зболене. Ой Катеринко, я ще не встиг добре з тобов наговоритиси а ти огнівалоси та й пішла собі від мене.

Він припав до небіжки і цілував її в лице.

– Люди, люди, я до неї ніколи слова не заговорив, я за роботов на ню забув та й за бесіду. Прости мені, Катеринко, приятелю мій добрий!

Плач жінок вибіг із хатчини далеко на село.

– Вона, люди, як пішла за мене, то так як під воду пірнула, ніхто її вже не видів межи людьми. Аж тепер вірнула межи вами – на лаві. Я до неї ніколи марного слова не заговорив, маціцького!..

І ще минуло кілька літ. Одного вечора прийшла зі служби Настя. Федір глянув на неї і зблід.

– Насте, небого, а ти ж сама, а чоловік твій де?

Настя заридала, заголосила, а він слова більше до неї не сказав. Аж як її відпровадив до міста на службу і розходився з нею, та тоді заговорив.

– Дай тобі, боже, дитинко, якнайліпше, але дивиси, аби-с дитини не стратила, бо стиду вже не покриєш, а гріха неспасеного докупишси. Та переказуй, як тобі тут буде...

А роки йшли, не стояли. Федір не випускав із рук ціпа цілу зиму, чепіг не викидав цілу весну, а коси ціле літо. Кості боліли, кінці їх стиралися і пекли. Але неділя ставала на порятунок, бо в неділю він ішов під вишню, лягав на зелену траву, а вона висисала в землю той біль. Та прийшов такий час, що неділя не годна була направити того, що будні дні попсували, а трава не могла виссати того болю, що запікся в старих костях. А ще вселився кашель, що не покидав його ні коло коси, ні коло плуга, ні коло ціпа...

Розвидалося, віконце побіліло, а Федір вернувся з далекої вандрівки свого минулого життя. Вмився, помолився і збирався йти до двора.

– Наймуси у пана від весни, озму на чоботи і трохи орнарії, та й якось я перезимую, заки піду до служби.

III

По селі білі, вузенькі стежки всі хати докупи пов'язали, лише Федорова хата стояла поза сітею стежок, як пустка. Федір зимував, як ведмідь. Рано вставав на годину, аби затопити і зварити собі їсти, а потім цілий день і цілу ніч перележував на печі. Чим дальше заводилося в зиму, тим він сходив на дитинячий розум.

– Тепер, Федоре-небоже, встань та укрій собі гріночку хліба, але тоненьку, панцьку, бо-с, виджу, зголоднів.

Він сміявся, злазив з печі і краяв хліба та дивився до вікна, чи вона тоненька, панцька.

А темних, зимових ночей він голосно, на всю хату, говорив страшні речі.

– Село вімерло що до лаби, а я собі гадки не гадаю, у тот бік не дивлюси!

Але власні слова перейняли його переляком, він пітнів зі страху і скакав з печі до віконця, аби переконатися, чи в коршмі є світло. Успокоївшися, він вертав на піч.

А як пробуджувався вночі зі сну, то не міг спам'ятатися, забув за себе і аж як гримнув кулаками до сволока, то приходив до пам'яті.

Тої зими його хатина заполонилася опирями, привидами і марами. Вони гуляли по хаті, як збиточні діти. Вилітали до сіней і вистуджували хату, вибігали крізь піч на стрих і товклися, аж стеля лупалася, дзвонили у вікна, аби його заманити надвір. Він не давався, намагався не боятися, тоді вони вибігали на піч і щипали його, душили і в рот онучі запихали. Одної ночі злетілися до хати всі чорти. Гуляли, аж хата дрожала, а вітер такий здоймили, що він замерзав на печі. Потім посідали поза стіл і повивалювали з утоми язики, такі самі, як той маленький язичок, що він його поклав під Курочкову стодолу. Він лежав, як мертвий, аж як кури запіяли, то він ледве піднявся і зачав молитви говорити. Але і при молитві вони йому не давали спокою. Він не міг нагадати таких молитов, що їх найліпше знав,– він забував навіть хреститися. Ті мари так його змордували, що як прийшла весна, то він ледве дихав і побілів як папір.

– Треба брати гроший відки голова, та посвітити хату, бо тут нечисте злізлоси з цілого села накупу. Випили з мене кров, що вітер ні з ніг ізгонить!

Як весняне сонце заблисло, то він смарував чоботи, латав сорочки, і плів волоки до постолів, і тішився, що раз уже піде до служби.

– Уберуси, вбуюси файно та й до двора! Проши вельможного пана, мелдуюси до панцької служби.

– Добре, Федоре,– десь відповідав йому пан,– ти, виджу, слушний чоловік, коли ти подлуг припісу мельдуєшси.

І Федір, латаючи сорочку, солодко усміхався.

IV

Федір стояв серед панського гумна і сумно дивився за рядом плугів, що висотувався з брами, як ланцюг, у котрім залізо споювало м'ясо людське з м'ясом волів.

– Уже моє оранє скінчилоси! Старе вогниво, та й викинули, бо ланцюг серед дороги урвав би си!

Похитав головою та й пішов до стодоли брати свиням зерна. Через цілий день на гумні було тихо. Лише від наймицьких хаток доходили крики бабів і плач дітей.

Якби хто з села повибирав щонайгірші хатки, а до них загнав щонайобдертіших мужиків і найжовтіших жінок і додав ще голої дробини – дітей – і все те поставив близько себе накупу, то мав би правдивий образ тих хаток із їх мешканцями.

Федір з гумна дивився на ті хатки і щось заперечив головою:

– А де ж я би там ішов у таке пекло! Я собі буду спати у стайні, тепер зими нема. Не піду я там у тоту пропасть.

Вечором пішов до стайні. Коло ясел стояли воли двома довгими лавами і ліниво жували сіно. Коло кожних чотирьох сидів погонич і дозирав, аби під себе не викидали. Між тими лавами сиділи на землі плугатарі і сівачі. Латали собі постоли, стягали мотузками сердачини і направляли істики. Кожний коло чогось нипав. Коло них присів Федір. Воли один по одному падали на солому, за ними перерталися в ясла погоничі, а за погоничами йшли плугатарі. В стайні запанував тяжкий відпочинок, що по утомі зораних ланів паде на стайню, як тяжкий камінь. Федір також засунувся перед воли.

— Свинарю, мой, а марш з-перед волів межи свині! Ще тобі лужко стелити! Твоя Марійка добре нас ріхтує. Тікаєси, як сука, з фірманом, та відавує йому щонайліпше, та ще й ти приліз на нашу голову? Марш з-перед волів!

Федір виліз із ясел і ляг під брамою на в'язку соломи. Забута кривда в тій хвилині пробудилася.

— Гріх меш мати за мене, Андрію, гріх...

Стайня сгогнала, позівала, зі сну говорила. Так тяжко дихала, як би десь глибоко в землі душилися тисячі людей.

— Молиси за мене, най мене бог хоронить, най мене направить на ліпший розум, бо те спечу у вогні, як пацюка, бо меш три дні попіл за своїм богацтвом згортати...

Над ранок і він скотився у чорну пропасть стаєнного сну.

V

Федір потім ніколи не ходив до стайні і не говорив з наймитами. Спав у стодолі і не показувався на очі. По великодні Марія віддалася за фірмана і переходила з ним на службу до другого пана. Федір вийшов з ними за браму і попрощався.

– Маріє, а памнєтай, що я хату при людих Насті відкажу, аби ти її не відгонила, бо вона, сарака, одна-одиниця!

І вернувся. В хліві, аби ніхто не бачив, заплакав.

– Тепер жий, з ким хочеш!

Тої днини впився і прийшов до стайні.

– Мов скарбов'яни, тепер ні не вігоніть, бо вже моя Марія помандрувала.

– Хто би вас вігонив, от лєгайте та спіть, як-сте набрали повну голову.

– Певне, що п'єному добре спати, так і бог приказав. Але ти кажеш іти спати, а я тебе питаюси, де я маю іти спати? Як ти така мудра голова, то ти мені скажи, де маю іти спати?

Він аж носа Процевого дотулився, так близько присунувся зі своїм питанням.

– Де впадете, там будете спати.

– А якби я так у яселца, га?

Він злобно засміявся.

– Я в ясла, а ти мене за гирю, ти в шию, та буком: а марш, старий псе!

Погоничі повилізали з ясел, аби дивитися на комедію.

– Бий з ясел, бо ти тут гнив та й маєш зогнити, бо ти не знаєш, що то є чоловік, – ти віл, ти хати ніколи не видів! Ти порєдного чоловіка з ясел буком! Але ти мене запитаєшси: – А де ти, васпан, дотепер був?" А я тобі кажу: "Був-сми межи людьми, любо мені було". Але ти кажеш: "А чого ж тебе люди від себе прігнали?" Отут ґудз! А я тобі на це нічого не скажу, лиш три слові: "Нема у людей бога". А ти голова розумна та й усе вже знаєш...

– Ідіть, старий, спати, не гніть бандиги, а завтра підемо в село на вибір, та ми тих богачиків трохи намнемо.

– Я на вибір паду і людем усю свою кривду скажу, але в ясла не піду, бо я там не маю гнити. Я знаю ліпше ґатунок, як ти, я більше світа видів, як твій пан. Але чекай, я тобі буду казати, як на протоколі. Я був помийник жидівський, я валєвси попід жидівські лави, по всіх кременалах. А бог най пише гріх, а я не боюси, я за все відповім, так відрубаю, як першому-ліпшому. А мене хто на розум учив, га? Коли мене лиш чим виділи та тим били! Не біси, я вікажу, я вів'єжуси що до крішки. Но, але дав мені бог такий розтулок у голові, що я привернувси назад до нашої віри. Як єм уздрів його ласку небесну по полю, як жито просилоси під серп і земля аж цєпала: "Йди, Федоре, бери з мене хліб", – а я лишив жида серед дороги та й пішов до божої роботи. Дєкую господові і до сегодні!

Він хрестився, цілував землю і бив поклони.

– Прийшов я межи наші люди, а мені світ розтвориси! Тото-м з ними гарував! Оженив-єм си, поклав хату з цего мозиля. Вже має мені бути добре. Але гріхи треба відпокутувати, бог буком не б'є! Умерла мені Катерина, но ніц, його воля, його розказ. Тішуси дітьми, годую, забігаю – вігодував, а люди взєли та й знівечили. Пішла моя Настя ні сяк, ні так, пішла по жидах, а Марія, аді, помандрувала з отим ляхом. Ме бідити. Але ніц, най ні бог скарає, якщо кажу. Кара має бути!

А я лишився босий! Іду я до нього у таку плюту: "Дай мені грейцір, най ноги вбую". А він мені каже: "Йди до жидів". Прийшов я до вас, а ви мені: "Марш!" А куди ж маю тепер іти?! Карає бог, карають люди, караєте ви, а я кількі кари не годен вітримати!

– Ідіть, діду, в ясла, ми вас просимо.

– Най буде кара на мене, я си приймаю, але по правді! А ти ж би любив, якби я з твого хліба всю мнєкушку виїв, а тобі лишив саму згорену шкірку? Правда, що ти би не любив, бо то не по правді?

Він роздер сорочку в пазусі, скинув її і шпурнув під воли.

– Тепер дивиси, яку мені шкірочку богачі лишили. Та чим тут жити? А що ж тут є вже карати?!

Він голий перевернувся на землю. Наймити його прикривали, чим мали найліпшим.

VI

Коло громадської канцелярії стояли дві купи. Одна обдерта, чужа на селі, апатична, друга чиста, біла, охоча – наймити і газди. З одної і другої купи хтось викликуваний заходив до канцелярії і голосував. Економ аж захрип, бо кожному наймитові мусив називати пана, війта і жида. Жандарми снувалися і усміхалися, як коли би мали перед собою діточу забавку.

– Ну, хлопці, тепер уже вибрали-сте пана, сідайте та й мете пити горівку, – сказав економ. Газди здоймили галас:

– Ото вушивці, ото жебраки, ото худоба панцька!

– Мой-ня, чуєте, як богачі рип'є?

– Най рип'є, а ми пиймо горівку.

– Та пийте грань, пийте кров свою, злодюги!

– Ми горівку воліємо!

– Ото нам пани вішукали право, аби голодники розбоєм ішли на село!

– Ти, читальнику, ти гадаєш, що я не був у читальні? Таже і там бідний нарід стоїть коло порога. За столом сидить ксьондз, старші браття, богачики, а дєк чітає тоті казети, а ви покивуєте головами, як воли, ніби щось ви з того розумієте. А то один з другим такий дурний, хоть му око ніколи! То така читальня ваша, що богач за столом, а наймит коло порога. Так у церкві, так у канцілярії, так усюди. Та ми маємо з вами бути?

– Хлопська голова не до письма, а зад не до крісла!

Наймити зареготалися.

– А тихо ж ви, невмивані, вперед вуші повибивайте, а потім учіть газдів розуму!

– Мой, ти, Курочко, то ти також за людьми? Таже ти гірше жида! Чого горланиш? Не біси, твоє богатство піде марне. А нагадай собі, як я служив у тебе, та мене від твої роботи хороба нагріла. А ци ти мені за цілий тиждень вініс букаточку хліба або води напитиси? Та ти з людьми тримаєш? Я в тебе всю силу лишив, а ти мене вігнав босого на зиму! Таже ти гірше жида, бо то рахуєси не наша віра. Але пусте твої діти тото богатство, що з нього сліду не буде! Ти, кальвіне!

Курочка гримнув Федора в лице, та так, що його обілляла кров, і він упав.

– Хлопці, ану богача трохи намнєцкаймо!

Ймили наймити Курочку, постояли за Курочкою газди, потекла кров…

VII

Федір лежав у своїй хаті на постелі. Очі його горіли, як грань, від червоних язичків, що тисячами огників розбігалися по тілі і смажили його на вугіль. Ті язички, як блискавки, літали по всіх жилах і верталися до очей. Гриз кулаки, бив чолом до стіни, аби вогонь з очей випав.

Запалився, чув, що з нього бухає поломінь, ймався руками за очі. Один страшний крик, надлюдський зойк! Язички вилетіли з тіла і прилипли на шибках віконця. Зірвався. Віконце червоніло, як свіжа рана, і лляло кров на хатчину.

– Все моє най вигорить! Все, що-м лишив на єго подвір'ю.

Він скакав, танцював, реготався.

Віконце дрожало, тряслося, і щораз більше тої крові напливало у хатчину.

Вибіг на поріг.

Звізди падали на землю, ліс скаменів, а десь з-під землі добувалися скажені голоси і зараз пропадали. Хати ожили, дрожали, смажилися в огні.

– Я чужого не хочу, лиш най моє вигорить!

ПІДПИС

Мала Доця ходила лавою поза плечі газдів, що писали коло довгого стола свої імена. Кожний зі взору. Грубими руками оті писарі обходили з кожного боку, відки би найліпше їм почати. Грудьми притискали так до стола, що аж скрипів. Наука йшла тихонько, лише чути було мляскання губів, як ґазди мочєли луфко в роті. А білявенька Доця заглядала до кожного, чи добре пише.

– Доцю, ня, а подивиси, як воно виглядає?

– Ще чепірнате таке, як нечисане повісмо, ще пишіть.

І ґазда пхав олівце в рот і зачинав зноз писати.

– Ану ж ко глипни на моє, бо я вже його чешу другий вечір, аж ні груди болє. Ану читай, що я написав.

– Павло Лазиренко.

– Якурат я. Так воно там стоїть, що кождий пізнаєть?

– Хто вчений, та й кождий.

І Павло почервонів із утіхи і оглядав карточку з усіх боків.

– Ану ж ко я ще раз його віпишу.

І нахилився, і слинив олівце.

Доця якось дуже поважно ходила поза плечі газдів, її мама дивилася з печі і утихомиряла хлопців, аби не верещали, бо вуйки позмилюють нумера.

На лаві сидів старий Яків Яримів і з великим вдоволенням дивився на оту науку. Врешті не міг видержати, аби не заговорити. Дві години глядів із найбільшою увагою, а тепер не втерпів.

– Мой, ґазди, та лишіть трохи на завтра, таже груди вам потріскають.

Ґазди підняли голови і як пришиблені виглядали.

– Вішукав-єм вам добро, та й маєте мені подєкувати, а Доці маєте дарунок купити.

– Та хто вас на таке нараїв?

– Біда мене на це нарадила.

– Яка біда?

– Викслі.

І старий Яків став розповідати вже сотий раз, як то було.

– Таже всі знаєте, що-м на горівку не в'єзав землю по банках, бо би ні бог скарав. Але стара мене запхала.

– Як стара?

– Ви, мой, і молоді, і вчітеси, виджу, письма, та й нічо не знаєте. Уходить з комори та й каже: мой, старий, таже муки нема, лиш зо дві мисчині в міху. А я подумав, подумав та й гай до міста писатиси на сотку заволічкового банку.

Прийшов я, знаєте до того банку і кажу, що так і так: не стало хліба межи діти та й прошу, пане, вашої ласки та й божої позичити сотку.

– Ґрунт маєш?

– Є, пане, таже без ґрунту сьогодні ніхто не дасть.

– А стоїть на тобі?

– На мені.

– Табула чиста?

– Геть все чисто.

– Довги маєш?

– Та десь межи жидами є не такий-то довг, лиш струп. Та вже за цу сотку і хліба межи діти кину, і жидам рот заткаю.

– То принеси аркушок і аністрат та й підеш на посідзенє.

– Та коли прийти на то посідзенє?

– Говори до мужика, тебе на посідзенє не треба, лиш паперів.

– Вібачєйте мені, пане, бо я не порозумів, а паперї аді гезди.- Та й вітєг з пазухи, та й подав. – Там, – кажу,– десь є все, бо я то докупки все складаю, всі письма. Я, видите, тому не розумію нічо та все того разом тримаю. – Перебрав він, найшов, що до нього, та й каже: за тиждень прийди.

Ходив я зо три рази, аж каже нарешті, що є гроші хвалені.

– А вмієш, старий, писати?

– Ех, де, пане! У школі мене не вчили, у воську не був-єм та й сми цалком сліпий.

– То мусиш підписуватиси у нотаря.

– Я, прошу, покладу знак своєв руков, аді хрестик, а ви підпишіть...

– Не можна,- каже,- на векслєх хрестів класти...

– А я в гадках став. Це як озмуть упіс, як процент наперед відберуть, як нотареві заплачу, та й того капітану (прим. – *капіталу*) мало що мені лишиться.

Звертів я си по місці за ручителями та й надибаю шевця, отого злодюгу Ляпчінцького. Воно, біда, все никає по місті. Став я та й розказую за свою біду.

– Хлоп,- каже,- все дурний, гниє цілу зиму та й би не навчивси навіть своє порекло на письмі покласти.

"А хоть ти злодюга вічна і помийник жидівський, але слова добрі маєш",– погадав-єм собі та й побіг далі.

Привів ручителів, підписали-м си у нотаря, але з сотки тринаціть левів обірвали.

Несу я ті гроші додому, а тог швець мені з голови не вілазить. Злодій то злодій, але слушні слова говорить. Аді, рвуть шкіру, здоймають, як з вола. Сотку ніби-с узєв, а додому що несеш?

На цім місці все Яків плював і тепер плюнув.

– Кождий хоче від руки, кождий хоче дурнички, а то-бо вже так стало тісно, що раз тісно.

Поклав-сми гроші у скриню, а сам до Доці: "Ти, Доцько, діда навчи підписати намено, най дід панам горло не напихає, бо воно напхане. Я волію тобі плахтиночку купити..."

Та й навчила" та й сте по селі перечули, та й сте з діда насміхалиси. Але прийшло до крутого, треба віксі підписувати, а ви за дідом до Доці. Я вам дорогу показав, що вже не мете гроші утрачєти.

– Та вже не мемо,– відповідали ґазди, – та маємо вам подєкувати та й Доці, наші навчительці.

– Але маєте всі ї по дарункові принести.

– Таже певне...

Доцька сиділа на печі і дуже тішилася, і мама її усміхалася.

У КОРЧМІ

Коло довгого стола сидів Іван та й Проць. Котили по столі завзяті слова і, схилившися, слухали, що стіл говорить. Нарікали та й пили. Проця жінка била, а Іван його вчив бути паном жінці.

– Ого, вже най того вола шлях трафить, що го корова б'є! – казав Іван.– Якби ні жінка мізинним пальцем кинула, та й – бих капурець зробив, на винне яблуко бих розпосочив! Мой, таже це покоянiє на увесь світ, аби жінка лупила чоловіка, як коня! Але я би її борзо спамнєтав, так бих спамнєтав, що би не помнєтала, куда ходить. Віострив би-м сокиру на точилі та й бих руки по лікті обрубав. Лиш раз, два – та й руки гаравус!

Сказав оце Іван та й здоймив руки вгору, як коли би мав гадку злетіти. Подав голову взад, очі вп'ялив у Проця та чекав, що Проць йому скаже.

Проць помахував головою та й нічого, сирота, не казав, бо що мав казати, коли все правда.

– Мой, ти, паршєку, не телепайси над книжков, як шибеник на грабку, але давай, брє, горівки. Я плачу, а ти давай, бо мій кременал, а твоя смерть! Не гиндлюй зо мнов, але сип тої браги...– казав Проць та й бив кулаком у стіл.

Жид сміявся, наливаючи горівку. Газди стали пити. Нахилювалися до себе і відхилювалися, як би дві галузці, що ними легенький вітер колише.

– Та гадаєш,– казав Іван,– що бих чекав на шандарів, аби ні брали? Лиш бих руки обрубав, та й сардак на себе, та й на мелдунок. Встид за встид, але би-м сказав панам, що ні жінка била, а я руки обтєв. Може би-м, яку днину посидів, а може бих, і годину не пацив...

По цім слові пили горівку. Так гірко пили, як кров, кров свою – так кривилися.

– Процю, брате... видиш, п'ємо горівку, ти мене чєстуєш, але п'ємо свою працу, свою кервавицу. Кров свою п'ємо, жидам бенькарти годуємо. Але раджу тобі, щире тебе наказую, припри собі жінку, най вона до тебе руки не протєгає. Мой, таже ти сміхом став по селу, жінка б'є та духу наслухає, а ти газдов маєш бути?! Я би таку жінку дзумбелав, та в ступу бих запрєгав, та канчук дротений з клинка бих до неї стєгав!

Іван виймив гроші і хотів заплатити горівки, але Проць змів гроші на землю, бо дуже розсердився.

– Іванку, чьо мене, брє, пореш без ножа? Я маю охоту тебе зачєстувати, бо ти мене, як якись казав, як мама рідна, на добре радиш. Не тич мені гроший, але пий.

Та й знов лили.

– Або говори з нев по добру! Як прийдеш додому, та й кажи жінці так: "Мой, жінко, де ти мені прицєга-ла? Ци на смітю, ци в церкові? Ци рабін нас вінчев, ци ксьондз слюб давав? Ти до мене руки протєгаєш, а я ручки втну. Аді, внеси столець та й сокиру, та й мемо рахуватиси..." Так ти і заповідай, та, може, напудиш...

– Іванку! Ти, небоже, мої жінки не знаєш. Таже вона така тверда на серце, що би ката не збоялася. Я чєсом хочу ї дати огрозу, але вона, що має під руками, та як ні впоре! Аби і дохторі так по смерті пороли! "Ти, марнотрате,– каже,– ти що видиш та до коршми тєгнеш, та ще мене хоч збиткувати?!" Але кажу ти, що я такий від неї битий, такий парений, що прийде ми си від хати йти. Але кажу, може, і бог руки без мене усушить, може, я допросюси цего у бога...

– Чекай на бога, чекай, дурний, а вона ме бити, аж на вітер здоймати. О, вже ти такий ґазда свої жінці, як вербовий заніз у ярмі. Плюнути не варт на такого ґазду!

Проць закашлявся, аж посинів. Іван поклав оба кулаки в зуби та й гриз. Потім скреготав зубами на всю коршму.

– А суда ж, арендарю. Мой, жиде, ти вчена голова та тому з нас шкіру лупиш; скажи мені, ци є такий паруграф, аби жінка чоловіка била? Ци є такий рихт? Ти читаєш у книжках, аж скаправів-єс, то десь там воно повинно найтиси. Як цісар такий паруграф написав, най я знаю. Бо як цісар таке право відав, то най моя також мене б'є. Руки складу навхрест, а вона най бучкує. Як право цісарське, то має бути цісарське.

Жид казав, що такого права не дочитався. А Процеві казав, що повинен йти додому, бо жінка буде сварити.

Проць плюнув, пролупив очі й довго дивився на жида. Хотів сварити, але обміркувався та й встав з лави.

Ідучи додому, горланив на ціле село:

– Коли ж бо не боїтьси, що синє за ніхтем, не боїтьси...

– Але я руки обітну, як вербу підчімхаю! А це ж куда? Як прийшла, то був бузьок на хаті, а тепер? Де, де тому край?

Чути було, як Проць приспівував: "Де, де-е, та де тому край?.."

Як доходив до хати, то замовкав, а на воротах геть затих.

СКІН

Як глуха осінь настала, як з ліса все листя опало, як чорні ворони поле вкрили, та тоді до старого Леся прийшла смерть.

Умирати би кожному, смерть не страшна, але довга лежа – ото мука. І Лесь мучився. Серед своєї муки він то западався в якийсь другий світ, то виринав з нього. А той другий світ був болюче дивний. І нічим Лесь не міг спертися тому світові, лише одними очима. І тому він ними, блискучими, змученими, так ловився маленького каганця. В'язався очима, держався його і все мав страх, що повіки запруться, а він стрімголов у невидіний світ звалиться.

Перед ним на землі сини і доньки покотом поснули, не могли стільки ночей не спати. Він держався каганця всією моцею і не давався смерті. Повіки великим тягарем зайшли понад очі.

Він видить на подвір'ю багато малих дівчат, кожна в руці жмінку квіток тримає. Всі глядять ід могилі, смерті виглядають. Потім всі очі повертають на нього. Хмара очей, синіх, і сивих, і чорних. Та хмара пливе до його чола, гладить його і простуджує...

Протер очі, ймив жилу на шиї між пальці, бо голову з пліч скидала, і погадав:

"Аді, це ангели перед смертев показуються".

А як він так гадав, то каганець утік з-перед очей.

Поле рівне, далеке, під сонцем спечене. Воно води просить, дрожить і всіляке зілля до себе клонить, аби з нього води напитися. Він оре на ниві і руками чепіг не може вдержати, бо палить його спрагнота у горлі. І волів палить, бо ротами вогку землю риють. Руки від чепіг відпадають, він падає на ниву, а вона його на вуголь спалює...

Каганець випровадив його з того світа.

"І не раз та й не два я на полі без води погибав, у бога все записано!"

І знов запався.

По кінець стола сидить його небіжка мама та й пісню співає. Потихо та сумно голос по хаті стелиться і до нього доходить. То та співанка, що мама йому маленькому співала. І він плаче, болить його серце, і долонями сльози ловить. А мама співає просто в його душі, та всі муки там з тим співом ридають. Мама йде до дверей, за нею і спів іде, і муки з душі.

Та й знов каганець показався.

"Мама із того світа має прийти та й над своєв дитинов має заплакати. Таке бог право їм надав".

Ноги пукали від студені, він хотів на них кожушанку накинути, та й серед того очі йому згасли.

Горлаті дзвони над ним дзвонять, крисами голови доторкають. Голова йому розскакується, зуби з рота вилітають. Дзвонові серця відриваються від них, і падають йому на голову, і ранять...

Роззявив очі, страшні і безпритомні.

"Я помінив купити дзвін, аби по селу вогонь вістив, але роки були ціпко тісні, та й я все не вітєкав . Прости мені, господи милосердний".

І наново скотився у пропасть.

Згори, з височенної височості, снопи ячмінні кербутом на нього падають. Падають і закидають його. Остина лізе в рот, у горло. Палить червоними іглами, і вся коло серця сходиться, і пече пекельним огнем, і ріже в саміське серце...

Розвів очі вже мертві й безсвітні.

"Мартинові не давали заробленого ячменю, і той ячмінь мені смерть робить".

Хотів крикнути на діти, аби Мартинові ячмінь віддали, але крик крізь горло не міг продертися, лиш гарячою смолою по тілі розходився. Вивалив чорний язик, запхав пальці в рот, аби голос з горла вивести. Але зуби клацнули, і заціпилися, і пальці затисли. Повіки впали з громом.

Вікна в хаті отворяються. До хати всотується біла плахта, всотується без кінця й міри. Ясно від неї, як від сонця. Плахта його уповиває, як маленьку дитину, вперед ноги, потім руки, плечі. Туго. Йому легонько, легонько. Потім залізає в голову і скобоче в мозок, всотується в кожний сустав і м'ягонько вистелює. А накінець горло обсотує тугіше, все міцніше. Вітром довкола шиї облітає й обсотує, обсотує...

ДІТИ

Поклав граблі коло себе, сів потім на межу, закурив люльку, та й гадка гадку пошибала. А далі говорив на четверо гонів заголосно.

– Най я трошки спочину супокоєм, бо лиш дома вкажуси, та й зараз дідові роботу найдуть. Таки невістка, коби здорова, круть, верть та зараз запіворить: "Та-бо ви не сидіт…"

– А то господь, що над нами, видить, що я лиш ногами перебираю. А руки, аді, як згребло, а вже-м місіць неголений, а до церкви вже-м дорогу загубив. У чім піду, коли все з плечей забрали?

По межі, по межі та й дідів голос цілим полем вандрував, та й усі оберталися в сторону за дідом. А він скаржився, не переставав:

– Ой, сегодні такі діти. Але мене ще, богу декувати, з памнеті не вікинуло, я ще знаю, яку бесіду у нотаря мали-м. Сухенький був панок, з борідков, та й він так роз'єзував синові. Дідові, каже, допоки єго живота, то має єму бути єго постіль, він має спати, він має вілежуватиси, аби і до схід сонця. А вже як, каже, єго на лаву покладете та землев припорпаєте, то ти тогди з лави на дідову постіль перебирайси. А бабі, каже, має бути бабина піч, вона най си вігріває, най си богу молить, а як вже і обмієте та й руки навхрест складете, та тогди най невістка вже лізе на піч, бо вона її.

Осінній вітер грався сивим волоссям дідовим.

– Але коби нотар десь вечером подививи до хати. Син на постелі, невістка на печі, а я з старов на землі, на солімці валєємоси. А це ж по правді, а де бог є? У цих людей вже нема бога, ой, нема…

Ще й головою казав, що нема бога у молодих людей.

– Здихайте, старі, бо вам шкода лижки страви. Молочко поїдають, сирець поїдають, а ми, як щенєта, на них дивимоси. А я їм коровку дав, овечки дав, плуг дав, усе дав. Як люди дають, та так і я дав. А сегодні вони вповідають, що ви старенькі, слабенькі та в'їжте маленько. Отак нам уповідають наші діти. Голос дідів дрогнув, та й дід урвав бесіду.

– Та й поховають нас, як псів, бігме, чобота на ногу не покладуть…

Громада бузьків упала на очерет і злопотіла крильми над дідом, аж спудився. В теплі краї збиралися відлітати.

– Ого, вже осінь. Отак, отак та й Різдво не забавитьси...

– Але яке воно розумне, хоть птаха, лиш що не говорить. Єму зле, і воно собі шукає ліпшого. Взимі нема жєби, та й студінь. А воно знає наперед. Не так, як чоловік, що мус свої три дні на місці коротати.

Встав з межі, сховав люльку, взяв граблі та пустився додому. Ще кілька разів обертався за бузьками. Та й станув.

– Ба, хто би мені, добрий, сказав, ци я ще з бабов дочикаю, аби їх назад видіти, як повернуться? Відай, вже котресь із нас бриздне, відай, уже бузьків не будемо видіти.

ДІД ГРИЦЬ

Я поїхав відвідати мого старого приятеля Гриця. Він давно оглух, і тяжко з ним перебалакувати. В руках мав зелену галузку, а коло нього на траві сидів його невеликий внук.

– В добрий час ви приїхали; я переродивси на молодого, лиш не знаю, чи на дитину зійду, чи на стару голову стиду наберу. Чую тоту музику, як моя стара йшла за мене, дуже бистрі голоси позалітали в уха. Дотепер були як оловом залляті. Мука бути глухому, слова в'януть на язиці, а стара лиш посмішковуєтьси з мене та пищить, як сойка, в самі вуха. А нема вже як вічів слухати та з престолів самому до них говорити. Мені з жєлю за люцьким словом не раз хотілоси дати себе замурувати. Гірко воно, як живе ще тіло обростає коров та стає стовпом.

– Приходитьси сидіти в свої души, як у завалені хаті, де всьо розбите і понівечене. Десь як з мраки, як з мокрого попелу таскати свій розбитий маєток та від спузи обтирати руки. Рідні діти такі, як чужі, я забув, що вони були малими.

– Давно дуже, як нас у місті, самих господарів, богато зібралоси з Черемоша, з-над Прута і з-над Дністра, як привезли хлопців до школи. Вони такі тихонькі на міськім ринку, як риба, розкидана по дорозі; гинуть тікати в зелене поле. Мами сидять на возах, плачуть та потихо проклинають наших дорадників, а ми, батьки, радуємоси: та доки, кажемо, будемо дурні та панам служити будемо, поки діти не вівчимо, а тоді і панів понагонимо. А геть потім, як діти в школах попідростали, то ми, самі дужі господарі, гомоніли коло них, як бжоли коло цвіту.

– І той жєль, коли я, як замурований цементом, попав у глибоку пивницу, зробив із мене такого, що зачєв забувати то, що мене в житю все радувало. Як я кілька день тому почув у собі нову силу, то, господи, відий, все сонце, яке я двигав на собі три покоління, воскресло в мені, всі пшениці, що-м вікосив, ще не молочені. Тепер я богач, ще погодую цілу Україну. Всі морози, що підо мнов жили віки, тепер мене кладуть на ноги. Іду ніби до дітей, стара напхала в торбу всілячини: і це їм, і того їм, не жалує мене, сідлає, як коня. А я замітілями та бурею йду радий, веселий, бо напереді діти, а назаді біла хата.

– А що вони здорові, ростуть, вчуться.

– Відпочиваю по дорозі, як дуб, міцно закорінований у землі, а галузе під небесами, в школі. Тепер я віджив і ще-м дужий, походжу ще по свої дороги, бо маю доброї, ласкавої душі в собі повну пазуху.

– Гей, як вони всі покінчили школи – тоті наші діти, та як пристали до нас, як ми збилиси до них докупи! Де, моспане, тут вже шандарям дати раду. Сунемо за дітьми тисячами, моцні та розумні. Свої напереді. Встає Франко з таким ясним чолом, як сонце, спокійно вчить нас, бо він все знає. Приповідає нам, що як кождий з нас посидить у кременалі за мужицьку справу, то вже ніколи нічого боятиси не буде... А Павлик ледве дише, розповідає завзято тонким голосом – геть ніби без надії – про нашу нужду, а там ззаду, від дверей, крикливий Трильовський в биндах, як дівка, та все сварить, а молоді через це все ближче тиснуться до нього. Одно слово: земля по містах дудніла під нами, і не оден панць-кий вугол утік із свого гнізда.

– А як Франко приїхав до мене з молодими ночувати, то жінка, хоч як вічів не любила, але не торкотіла на мене в малі хаті, бо виділа, що наші молоді вчені були коло нього такі щасливі і ясні, як би він кождому поклав золоте колісце на голову. А я приперси до ясеня в саду та й кажу: "Господи, ти звеселив світ свій цими звіздами, а нас, бідних мужиків, звеселив ти Франком. Будеш мати молитву мою за него щодня".

– А в хаті я єму сказав: "Мені, неписьменному, ваше письмо одно за другим сини читають, старе і нове. Коби вам бог тільки сили дав, аби-сте відшукали всі наші письма, з землі, з старих монастирів і ті, що замуровані в панцьких палатах. Та нагадуйте і нас, хоть потрохи". На другий день я віз его до колії та здибав якогось пана з кіньми як зміями, але я з дороги не звернув і капелюха не здоймив. Небоже дідичу, я ще не такого пана везу, як ти.

– Ми росли, діти наші множилися, всі одного духа, та війна богато їх поклала в сиру землю, а всі, що лишилися, яких ми вігодували і що їх Франко навчив, зробили одну команду українську, а команда, каже, має бути Україна. Хто цего часу в нас не видів, тому бог, видко, ласки не вділив.

– Внуки пішли, а я ще і внуку відпровадив, аби в шпиталях ходила за хорими. Ані одно не вернуло. Стара здуріла, мене лихословила, Україну проклинала. Ходив ти, каже, ціле житє по вічах, та й діти заказив, та й пустив їх стрімголов. А діти нібито нічого не кажуть, обминають, що я кості їх дітий порозкидав по всьому світу.

– Я вже був і злагодивси йти за внуками, та поляки ймили на границі та притащили додому. Довгі роки сидів я поза вуглами хати та не смів до неї ввійти їсти; зробив собі постіль між худобою та там перебував і літо і зиму. Я оглух, осліп, їсти не їв, хіба барабольку і трохи води. Так мене світ минав і мої діти.

– Та найгірші то наші, що пішли на службу. Бо як приходить польський жандар та гонить сина на форшпан, то я беру батіг і сідаю, аби-м лиш знав, куди їхати.

– А що, старий, де ваша Україна, а кілько моргів поля ти хотів від пана, а яким міністром мав бути твій внук?

– Глухий,– кажу,– не чую ніщо.– То вожу, або дівки з ними, або вулицями сміте закіскую і роблю службу. Але ті наші, що пішли на чужу службу, ніби від мене відвертаютьси, ніби не пізнають, ходять, сараки, як песики, що їх ґазда пустив у чисте поле. Але одна молода професорка таки мене пізнала. Не плаче, не заводить: "Діду Грицю, що буду робити, мій преложоний хоче, аби-м пристала на его віру".– "Небого,– кажу,– не йди до них в гості, як вони твоєю вірою гидують, сиди в свої хаті та їж чорний хліб".

– А до вас тепер я маю велику просьбу. Чи я такий здоровий буду довго, чи коротко, бо я відродивси... Але як умру, то зараз приїдьте до мене, бо боюси, що як вже буде по мені, то мої діти пообдирають стіни, та Шевченка, та Франка, та всіх наших вони повикидають на під. Вони їм діти помордували, вони на них дивитиси не годні, а як я вже буду лежати в деревищі, то запитайте при людях моїх дітей, чи вони мої ці образи будуть в хаті так шєнувати, як я, чи пообертають лицем до стіни, аби приподобатиси екзекуторам та жандарам. Цей малий внук, він би ще пошєнував моїх приятелів, але де йому ще до сили.

– То як мої діти не схотіли би пошєнувати моїх святих, то купіть шкірену шкатулу та покладьте їх мені на груди. Кажуть, що шкіра не гниє віками. Та ще одну просьбу маю. Лишаю букату поля, на кого вже ви тепер скажете, аби, як будуть згортати кістки наших стрільців у купи, то аби і за мене хто там згорнув кілька лопат. Але високо, бо на тих костях зацвіте наша земля. А до похорону я маю все злагоджене, ані одного цвяха дітям не треба постарати.

***

На другий день ранісенько прийшов післанець, що дід Гриць, як я від'їхав, казав собі малому внуці заграти на сопілку, напився молока, жартував їдко зі своєю бабою, убрався в білу сорочку, засвітив свічку в руках, ляг на постіль і зараз сконав.

КЛЕНОВІ ЛИСТКИ

Постіль застелена полотном, коло стола на задній і передній лаві засіли куми, на краю печі рядком діти. Вони поспускали рукави, як стадо перепелиць, що спочивають, але всі готові летіти. Куми зате сиділи як вкопані, лишень руками діставали хліб або чарку горілки, але і руки найрадше не рухали б, лишень спочивали би, зігнені в кулак на колінах. Нерадо вони брали хліб та чарку. Каганець блимав на припічку і потворив з кумів великі, чорняві тіні і кинув їх на стелю. Там вони поломилися на сволоках і також не рухалися. Коло стола схилений стегяв Іван, господар хати і тато маленької дитини, що її охрестили.

– Будьте ласкаві, мої куми, та випийте ще по одній. Хоч це не горілка, а болото, але з мужиком то так мається:

що де у світі є найгірше, то він має то спожити, що де в світі є найтяжче, то він має виконати...

– На то ми роджені,– відповідали набожно куми. Як чарка обійшла коло, то Іван її поставив лігма коло пляшки, бо боявся, аби не впала, така маленька, на землю.

– А закусіть... Та й дивіться, який мене клопіт найшов у самі жнива, у сам вогонь. А я, бігма, не знаю, що з цьог о має бути?! Чи маю лишити жнива та й обходити жінку і варити дітям їсти, чи я маю лишити їх тут яа ласку божу та й тягнути голоден косою? Бо вже моє таке має бути, бо у такий час ніхто до хати не прийде за великі гроші. На тобі, Іване, дитину та й радуйся, бо ще їх мало маєш!

– Не марікуйте[1], куме, та не гнівіть бога, бо то його воля, не ваша. А діти – піна на воді, щось на них трісне – та й понесете всіх на могилу.

– У мене не трісне, але там, де є одно, там трісне...

– Куме Іване, дайте трошки спокій, бо жінка, як мається звичай, у такім стані, то їй не треба цього слухати, бо така мова не дає здоров'я. Колись іншим, ліпшим часом.

– Я вас дуже перепрошую за мою таку мову, але ви гадаєте, що я за неї дбаю або за дітьми дбаю, але за собою я дбаю?! Бігме, не дбаю, най їх зараз вихватає та й мене з ними! Овва, ото би ми втратили рай на землі і маєтки лишили!

Куми вже не обзивалися, не перечили, бо бачили, що Івана не переможуть, і хотіли, аби скоріше виговорився, бо борше[2] їх пустить спати. Іван встав від стола, спинився насеред хати, спустив руками так, як діти на печі, і почав до них балакати:

– Та чому не летите з моєї голови? Я вам розчиню і вікна, і двері, гай!..

Діти засунулися на піч так, що їх не було вже видко.– Ади, саранча, лиш хліба, та й хліба, та й хліба! А відки ж я тобі того хліба наберу?! Та то би на дванадцятий сніп якийсь раз торгнути, то би якийсь раз схилитися, то з поперека вогонь у пазуху сиплеться! То тебе кожне стебельце в серце дюгне![3]

Се було до дітей, а тепер він звернувся до кумів.

– А увечір, лиш покажешся до хати такий, як віхоть, як мийка, усотаний[4], а вони тобі в один голос, і жінка і діти: "Нема хліба!" Та й ти не йдеш, бідний чоловіче, спати, але ти тягнеш ціп та й молотиш напотемки, аби завтра мали з чим іти в жорна. Та так тебе ціп і звалить на сніп, та й так деревієш до ранку у сні, аж тебе роса припаде. Та й лишень очі пролупиш, то зараз тебе та роса їсть, бо мало тебе біда їсть, ще вона вночі тебе найде! Промиєш очі та й точишся на лан, такий чорний, що сонце перед тобою меркне.

– Іване, не журіться дітьми, бо то не лишень ви, але бог їм тато, старший від нас.

– Яз богом за груди не беруся, але нащо він тото пускає на світ, як голе в терен?! Пустить на землю, талану в руки не дасть, манни з неба не спустить, а потім увесь світ кричить: "Мужики злодії, розбійники, душогубці!" Зіпреться один з другим у церкві такий гладкий, що муха по нім не полізе, та корить, та картає! "Ви,– каже,– дітей не навчаєте страху божого, ви їх самі посилаєте красти..." Ей, де я годен так ганьбити! А коби коло моєї дитини і мамка, і нянька, і добродзейка ходила, коби мені люди всього назносили, то і я би, єгомость[5], знав, як діти вчити! Але мої діти ростуть по бур'янах разом з курами, а як що до чого прийде, отак, як тепер, то ніхто не знає, що вони цілий день їдять? Чи крадуть, чи жебрають, чи пасуть, а я відки знаю? Я косю ваші лани та й забуваю не лиш за діти, але за себе не пам'ятаю! Ви би хотіли, аби я ваші лани обробив і діти аби учив. А ви від чого? Так, люди, ви самі знаєте, яке наше життя...

– Знаємо, куме, знаємо, як не знати, самі в нім бродимо.

— Я на діти дивлюся, але я не гадаю, аби воно було чемне, аби вміло до ладу зробити. Я лиш заглядаю, чи воно вже добре по землі ходить, аби його упхати на службу, оцього я чекаю. Я не чекаю, аби воно убралося в силу, аби путерії[6] набрало, аби воно коло мене нажилося. Коби лиш багач або пан створив пащеку, а я його туди кидаю, аби лишень збутися! А потім воно бігає коло худоби, ноги – одна рана, роса їсть, стерня коле, а воно скаче та й плаче. Ти б йому завернув худобу, поцілував би його в ноги, бо ти його сплодив, та й сумління тебе п'є, але минаєш, ще ховаєшся від нього, аби він не чув!..

Аж почервонів, аж задихався.

— Та й росте воно в яслах[7], під столом або під лавою, їсть кулаки, умивається сльозами. А підросте, та й щось воно украде, бо воно ніколи добра не знало, та краденим хоче натішитися. Дивишся – іде до тебе жандар. Скує тебе, наб'є, як товарину[8], бо ти тато злодієві та й мусиш із ним бути у змові... Та й ти злодій навіки! Але це не решта, кінець ще попереді. Най би син,– ваша дитина, а людський злодій,– най би зогнив у тюрмі, бо злодія не шкода! Най би! А то вони візьмуть здоров'я та й дають до шпиталю лічити, а потім пускають письмо до війта[9], аби тато платив кошта. З хати виганяють з бебехами! Ідеш до війта, по руках цілуєш: "Війточку, виберіть мене із цієї кари". "Ти,– каже війт,– бідний чоловік, то можу тебе випустити, але яку я вигоду буду мати за твою вигоду?" Стиснеш плечима, складешся, як цізорик[10], та й кажеш:

"Місяць вам буду задурно служити..." Так чи не так, люди, правду кажу чи брешу, як пес?!

— Все так, цілий гатунок такий, одного слова не замилили[11]

Іван дрижав цілий, чув на собі вагу страшних своїх слів.

– Щоб не казали, люди, що каркаю над головами своїх дітей, як ворон над стервом, не кажіть, люди, не кажіть! Я не каркаю, я правду говорю, мій жаль каркає, серце каркає!

Очі його запалилися, і в них появилася страшна любов до дітей, він шукав їх очима по хаті.

– Бо виглядає так, що я свої діти геть позбиткував12, гірше, як темний ворог. А я, видите, не позбитку-вав. Я лишень прогорнув з-перед очей сьогодні, і завтра, і рік, і другий і подивився на мої діти, що вони там діють? А що я уздрів, те й сказав! Я пішов до них у гості, та й кров моя застигла на їх господарстві...

По хвилі:

– Якби до тої Канади не було морів, то я би їх у міх забрав та й пішки б з ними туди йшов, аби їх занести далеко від цього поругання. Я би ті моря берегами обходив...

Куми забули були за відпочинок, а тепер собі нагадали, швидко повставали і пішли.

II

Рано.

Діти обідали на землі, обливали пазухи і шелестіли ложками. Коло них лежала мама, марна, жовта, і бгала коліна під груди. По чорнім, нечесанім волоссі спливала мука і біль, а губи заціпилися, аби не кричати. Діти з ложками в роті об[е]рталися до мами, дивилися і знов оберталися до миски.

– Семенку, ти вже наївся?

– Вже,– відповів шестилітній хлопець.

– То візьми віничок, покропи землю та й підмети хату. Мама не годна нахилитися, бо дуже болить усередині. Не кури дуже.

– Уступіться, бо через вас я не можу замітати. Мама звелася і поволіклася на постіль.

– Семенку, а тепер гарно вмийся, і Катруся, і Марія най вмиються, і побіжи в збанок води начерпнути, але не впадь у керницю, не схиляйся дуже...

– Семенку, піди та нарви огірків у решето, аби мама в горшку наквасила, бо я бачу, що буду слаба, та не будете мати що з хлібом їсти. Та й нарви кропу і вишневого листя. Та не сотай огірчиння, але рви біля самого огудиння...

– Семенку, здійми з грядок[13] сорочки, щоб я полатала, бо ходите чорні, як ворони.

Семенко все бігав, все робив, що мама казала, і раз по раз гримав на молодші сестри і казав, що дівки не знають нічого, лишень їсти.

– Вони ще малі, Семенку, як виростуть, та й будуть тобі сорочки прати.

– Я наймуся, та й там мені будуть сорочки прати, а їх не потребую.

– Не тішся, дитино, службі, бо не раз будеш свої дні оплакувати.

– А дивіться, тато зросли в службі та й нічого їм не бракує.

– І ти зростеш у службі, аж шкіра буде тріскати від того росту. Але ти, Семене, не балакай, але збирайся татові нести обід. Він десь такий голодний, що очі за тобою продивили.

– Я мушу татову палицю брати, аби від псів обганятися.

– А як загубиш, та й буде тато нас обоє бити. Та не йди простоволосий, але візьми хоч батьків капелюх.

– Той капелюх лише на очі паде, що не видко дороги.

– Вимий збанок та й сип борщу.

– Ви мене не вчіть стільки, бо я знаю.

– Семенку, а дивися, аби тебе пси не покусали...

III

Дріботів ногами по грубій верстві пилу і лишав за собою маленькі сліди, як білі квіти.

– Фіть, заки я зайду, то це сонце мене порядно спарить. Але я собі заберу волосся так, як жовнір, та й буде мені ліпше йти.

Поклав обід на дорогу і збирав волосся на верх голови, аби приложити його капелюхом і виглядати, як обстрижений жовнір. Очі сміялися, підскочив і покотився дальше. Та волосся з-під широкого капелюха зсунулося на потилицю.

– Це пустий капелюх, най-но як я наймуся, то я тоді собі капелюшок...

Лишень облизався. Пройшовши шмат дороги, він знову поставив обід на землю.

– Я змалюю собі велике колесо із шпицями. Сів насеред дороги в пил і обводив довкола себе палицею, потім рисував промені в колесі. Далі зірвався, перескочив поза обід і побіг дуже зрадуваний.

До кожних воріт закрадався, зазирав, чи нема на подвір'ї пса, і аж тоді швиденько перебігав. З одного подвір'я вибіг пес і пустився за ним. Семенко співорив[14], заверещав і сів з обідом. Палиця також впала на дорогу. Довгенько зіщулений сидів, чекав пса, аби кусав. Потім зважився подивитись і побачив над собою чорного пса, що спокійно стояв коло нього.

– На, на, циган, на кулеші, але не кусай, бо болить дуже, та й штраф твій ґазда буде платити. Та він тобі ноги поломить за той штраф.

Щипав з платка кулеші, метав псові по куснику і сміявся, що він на воздусі хапає. Пес мав створену морду, і він собі рот створив.

– А ти чий, шибенику, що пси на дорогах годуєш, а в поле що понесеш?

І якась жінка гупнула його в шию.

– А як, ви ще бийте, як пес хотів мене роздерти!

– А ти чий, такий чемний?

– Я Івана Петрового, але мама мали дитину та й слабі, а я мусю нести обід, а мене пси кусають, а ви ще б'єте...

– Ой, як я тебе била... Куди ж ти несеш обід?

– Татові несу на лан, коло ставу.

– Йди зо мною, бідо, бо я також несу туди обід. Пішли разом.

– А хто обід варив?

– Мама варили, бо я ще не вмію, а Марія і Катерина ще менші від мене.

– Та не слаба мама?

– Чому не слабі, так качаються по землі, так стогнуть, що аж! Але я за них роблю...

– Ото, ти робітник!

– Ви не знаєте та й говорите пусте. Ану запитайтеся мами, який я розумний! Я оченаш[15] знаю цілий...

Жінка засміялася, а Семенко здвигнув плечима та замовк.

За ним біг пес, а він нібито кидав йому кулеші і заманював іти за собою.

IV

Три дні опісля.

Посеред хати сидів Семенко і сестри і корито з маленькою дитиною стояло. Коло них миска із зеленими накришеними огірками і хліб. На постелі лежала їх мама, обложена зеленими вербовими галузками. Над нею сипів рій мух.

– Понаїдайтеся та й тихо сидіть, бо я понесу дитину до Василихи, аби поплекала. Тато казали, аби нести рано, в полудне й надвечір, а увечір вони самі вже прийдуть.

– Семенку, не переломи дитини.

– Я гадав, що ви спали. Тато, казали давати вам сту-деної води і булки їсти. Марія така чемна, що вона тоту булку ухватила і вкусила вже раз. Але я набив та й відібрав! їстимете?

– Не хочу.

– Тато зсукали ще свічку та й казали, що якби ви вмирали, аби вам дати в руки і засвітити. Коли я не знаю, коли давати...

Мама подивилася великими блискучими очима на сина. Безодня смутку, увесь жаль і безсильний страх зійшлися разом в очах і разом сплодили дві білі сльози. Вони викотилися на повіки і замерзли.

– Тато рано в хоромах[16] також плакали, так головою до одвірка лупили! Заплакані взяли косу та й пішли. Взяв дитину й вийшов...

— Семенку, аби ти не давав Катрусю, і Марійку, і Василька бити мачусі. Чуєш? Бо мачуха буде вас бити, від їди відгонити і білих сорочок не давати.

— Я не дам та й татові буду казати.

— Не поможе нічого, синку мій наймиліший, дитинко моя найзолотіша! Як виростеш, щоб між собою дуже любилися, дуже, дуже!.. Аби ти помагав їм, аби не давав кривдити.

— Як я буду служити та й буду дужий, то я їх не дам, а буду до них щонеділі приходити.

— Семенку, аби просив тата, що мама наказувала, аби вас любив...

— Їжте булку...

— Співай дитині, хай не плаче...

Семенко хитав дитину, але співати не смів. А мама обтерла долонею сухі губи і заспівала.

У слабім, уриванім голосі виливалася її душа і потихеньку спадала межи діти і цілувала їх по головах. Слова тихі, невиразні говорили, що кленові листочки розвіялися по пустім полю, і ніхто їх позбирати не може, і ніколи вони не зазеленіють. Пісня намагалася вийти з хати і полетіти в пусте поле за листочками...

ПРИМІТКИ

1 – Марікувати – нарікати.
2 – Борше – швидше.
3 – Дюгати – колоти, шпигати.
4 – Як мийка, усотаний – смертельно втомлений.
5 – Єгомость – так називали попа в Галичині.
6 – Путерії набрати– путнім стати, набрати розуму, сили.
7 – Ясла – відгороджене в хліві місце, куди закладають корм для худоби.
8 – Товарина – худоба.
9 – Війт – голова волосної управи.
10 – Цізорик – складаний ножик.
11 – Не замилили – не помилилися.
12 – Збиткувати – знущатися.
13 – Грядка – жердка під стелею, що на ній вішають одежу.
14 – Співорити – закричати з переляку.
15 – Оченаш – "Отче наш..." – слова молитви.
16 – В хоромах – в сінях.

АМБІЦІЇ

Ти будь у мене тверда, як небо осіннє уночі. Будь чиста, як плуг, що оре. Будь мамою, що нічков темнов дитину хитає та тихонько-тихонько приспівує до сну. Вбирайся, як дівчина раненько вбирається; як виходить до милого, ще й так вбирайся. Шепчи до людей, як ярочок до берега свого. Греми, як грім, що найбільшого дуба коле і палить. Плач, як ті міліони плачуть, що тінею ходять по світі. Всякай у невинні душі, як каплина роси у чорну землю всякає. Біжи, як нам'єтності мої, що їх більше батогів жене, як сонце проміння має, біжи та лови чужі нам'єтності та сплітайся з ними. Як знеможеш, то сядь на вербу та дивися на спокійний став.

Така будь, моя бесідо!

ВОВЧИЦЯ

Оце я вернув з похорону моєї приятельки а дитинячих літ. Ледве витягав ноги з русівського густого болота, а таки довів вовчицю до її ямки. В тонкі дошки її деревища груди землі дуже брутально гримали. Небогато нас було, і всі дивувалися, що я між ними був. Та вони не знали, хто була вовчиця.

Як я почав ходити до школи, то вона у своїй наївності кликала мене до своєї бідної хати і просила перечитати її збиток з бляшаної труби, аби вона знала, що там є. Крім "Кнігініцьких" латинкою, я не міг нічого більше второпати. Аж геть пізніше, як я був в гімназії, той збиток показався шляхоцьким дипломом для родини Кнігініцьких.

***

До її убогої хати всі богачі, всі попи, всі жиди посилали на нічліг всіх бідних і заблуканих.

Зниділим і брудним шляхтичам вона казала:

– Не блукайте по світі, а приставайте до людей, бо люди не люблять шляхти. Панщина навчила їх, хто ми є, і тому я лишилася з голою шляхоцькою трубою. Ночуйте, я вас погодую, а рано йдіть між люди і приставайте до них.

А злодієві говорила:

– Ти, небоже, не кради, краденим не погодуєшся, але йди просто, і вбивай, і ставай чоло до чола. Як твоє чоло розсиплеться, то нема утрати, а як богачеве впаде під твої ноги, то з гонором підеш покутувати. Я тебе переховаю, я тобі сорочку виперу і нагодую, але не наскакуй потайки на дурні маєтки.

А покритку з тяжких наймів у великих чоботах і засохлими сльозами на молодім лиці потішувала:

– Ти, небого, не журися, бо як уродиш файного байстрючка, то маєш силу, тебе, бідну, і так ніхто не возьме, а він виросте дужий на твоїх грішних руках. Ти посивієш, проклята між людьми, а він доросте і обітре своїми кучерями гріх із тебе. Я викупаю твою дитинку, а ти подужаєш, ти молода і заробиш на него. Не цокай чолом у мій поріг, а сідай на постіль і проси бога за свою дитинку.

Всіх блукаючих, всіх бідних, всіх нещасливих вона зодягала і кормила зі своєї бідної долоні.

Перед війною вона розпустила всіх своїх доньок по роботах у світ. А було їх богато, а сама дальше приймала всіх грішних людей, дезертирів, злодіїв, калік і дівчат з грубими черевами, шугала поміж сусіди, як вовчиця, щоби нагодувати своїх безталанних гостей. А як війна кінчилася, то її доньки з дітьми почали сходитися до неї. Зяті були пруссаки, москалі, поляки, італіяни з неволі і українці з німецьких таборів. Старій вовчиці дуже тяжко було їм годити в малій хаті. Під чорною матір'ю божою вони забирали місце для своєї нації. Вільгельм, Франц-Йосиф, Николай, Шевченко, Ленін і Гарібальді допоминалися в тій хатині домінуючого місця. І серед шаленого крику і бійки не раз попадав на землю Вільгельм, або Микола, або Ленін. Тоді моя приятелька злізала з печі, ховала портрети в пазуху і вночі прибивала цвяшками назад до стіни, щоби жаден зять не бив доньки.

По війні всі порозходилися, лиш лишився внук від німця, бо батько його поїхав до свого краю, а його мама лежить тут на могилі.

Німчика я не раз бачу, як завертає чужі вівці, і тоді іду до його хати і бачу через вікно, як мирно під матір'ю божою примістилися царі, революціонери і поети.

ГРІХ

Вдова Марта давно хора, хоче вмирати, бо закликала до себе свої дві сестри і приятельки. Гості посідали на лаву коло постелі і під вікнами, а Марта з подушок каже:

– Не набула-м си на цім світі, не натішила-м си, а нагрішила-м... Дохтор каже, що кожда моя година дарована, та тому вібачєйте, що-м вас закликала від роботи.

Відкинула від рота жмут сивого волосся, роззявила білі губи, аби надихатися.

– Смерть, сестри, болюча, а моя смерть проклєта буде навіки межи людьми. Гріх маємо такий, що ні мій чоловік не годен був вітримати, ані я, жилава баба, не годна-м го донести до краю...

Роззявила рот і пальцями хльопала з миски води в нього, аби могти своє сказати.

– Знаєте, що-м кликала ксьондза вже кілька раз, аби сповідатиси, та й сповідала-м си, але правди-м не сказала, відай, тому, що шелестить на нім риза, або тому, що дуже дивитиси в очі, або тому, що язик не повертаєси... Сказати другому свій гріх, людський гріх, такий гріх, що всі люди ним грішні, але аби мій сказати, то треба зуби розважити червоними кліщами, аби палахкотіли, як ладан на різдво...

Її сестра, Марія, підоймила голову з подушок та заспокоювала, приятельки поспирали руки на коліна і пігнулися.

– То вже вам буду сповідатиси, бо видите, яка-м суха, то в найбільше деревище не влізуси, і таке гірке тіло земля не годна пролигнути... Хлоп все від баби слабший, бо мій чоловік лиш рік вітримав, а я вже роки. Ми мали спільний гріх, та він по році лишив мене саму, аби-м го двигала без нього, а то й моя пайка така тєжка, що залізо під нев пішло би в порох...

– Ми обоє спалили село, знаєте. В саме полудне пішло кровйов попід небо, кров заслонила ясне сонце. Нашої хати якось не доцєгнуло. Він, аби не кричіти, сипав порох у рот з землі, але зойк з серця роздував порох з рота, то він сів коло коновки з водов та й тримав заєдно повний рот води, а потім викидало з нього воду, а він знов пив, аби не кричіти... Село курилоси, почорніло, чорні люди голосили, а він сидів коло води добу, чорний, мокрий, склонивси та й заснув в болоті. Хотіла-м го стє-гнути на сухе, та як ні вдарив коновков, той я лєгла в болото коло нього, так си належало.

Всі жінки посхоплювалися з лав, глядiли на Марту здурілими очима, стояли, як з дуба витесані. Сестра не втримала голови, пустила. А хора носила долонею воду з миски в рот та не доносила. Розливала по пазухах.

– То ви лиш від цеї мови ніби дураєте, що-сте тверді мужики, а як таку сповідь перед чужим ксьондзом тримати... А хоть би-сте про мене і зараз всіма дорогами по селу порозбігалиси, то я вже не боюси, а хоть дзвоніть на ґвалт в дзвони, то я також не боюси, хоть ні тєгніть всіма дорогами по грудді та закопайте розтрєсені кісточки по нечистих місцях селом, то вже я легшу муку буду мати, як тепер. Цеє? гріх я вже двигати не годна... Маріє, душуси, підопри голову, най докінчу сповідь, чи пече ца голова, як смола в руки.

Жінки мовчали. Від цієї тиші оглух би навіки дзвін.

– А зайшло з цего. Як прийшли до села вже по войні, то повісили чоловічого брата, що десь був довго на Україні. Ми його відрубали з чоловіком, та привезли в рантухах додому, та спорєдили парубка, як паву, але язик не годні були заправити в рот. А мій дурний вхопив ніж та хотів відрубати. Добре, що-м руков сперла, розрубав аж по кістку, а як закривала-м лице його братові червонов платинов та моя кров закровавила платину, то дала-м другу. Ви знаєте, що мій чоловік від похорону замовк, не сказав відтогди ані одного слова, ходив селами та розшукував братніх товаришів з тої войни, а потім тоті товариші приходили до нас та гостилиси. То якісь такі люди, що револьверами грають до данцу, що в кожді кишені мають бомби, що якісь блискучі ножі ховають помежи ребра,– таких ніхто не видів. Кажуть, що нагнали нас з нашої землі, що будемо міститиси на смерть, а житє наше фурєти будем ворогові під ноги, як вошиву сорочку на войні... Та тут і нахвалили, аби спалити двір. Та й підпалили з моїм чоловіком. Та панові нічо, а половина села розсипаласи на сажу.

Марта простягнуласи і заперла очі, жінки приступили до постелі, обливали водою, та вода спливала з лиця, як з каменя. Марія здоймила з сволока жовту свічку, і всі шукали сірників, а як засвітили, то поклали до Мартиних рук, і вона ожила.

– Я ще не вмерла, але зараз буду вмирати. Коби вмерло зо мнов і сумлінє моє. Це бог добре вчинив, що сумлінє не говорить голосно. Най си сховають товаріші мого чоловіка з бомбами і револьверами. О, то як сумліннє заговорить, то такі слова палючі в кожді жилці, що ті слова скалу розсиплють на дрібен порох. Найстрашніше то слово від сумління. Я тих слів ніколи не знала, ніколи-м, не чула. Відки вони си в мені взєли, це лиш бог міг пустити своїми руками у мене. Блискавка по небі не така страшна. То слово, то проклін, який задушить всьо, що на землі жиє...

– Марійко, буду вмирати. Кажи людем, най собі розберуть мій маєток і мого чоловіка. Я їм нічо поповнити не годна, а насподі в скрині є карточка від товариша мого чоловіка. Десь з далеких країв пише, що прийде до нас двоїх уже волних. Там є знак до него. Напиши йому, що такого, як ми наробили, ніхто не здержить на собі, що-м від того повмирали... Тепер давай свічку, я вже не ожию.

МАРІЯ

Марія сиділа на приспі й шептала:

– Бодай дівки ніколи на світ не родилися; як суки, валяються; одні закопані в землю, а другі по шинках з козаками. І нащо воно родиться на світ божий? І дурне, і пусте, ще і з вінком на голові.

Вона саме закопала свої дві доньці в потайничок у льоху, як у селі зчинили крик, що йдуть уже свіжі козаки.

Чого тоті козаки хочуть, чого шукають? Її стодоли пусті, комора без дверей, порожня, хата – гола, а замки від скринь ржавіють попід ноги. Не хотіла на них у хаті ждати. Облупана, обдерта тота її хата.

Сиділа на приспі і нагадувала все минуле. Сперла голову до стіни, сиве волосся вилискувало до сонця, як чепець із блискучого плуга; чорні очі відсували чоло вгору. Воно морщилося, тікало під залізний чепець від тих великих, нещасних очей, які шукали на дні душі скарбів її цілого життя.

Далеко під горами ревіли гармати, палали села, а чорний дим розтягався змієм по синьому небі і шукав щілин у блакиті, щоби десь там обмитися від крові і спузи[1].

За її плечима дрижали вікна за кожним гарматним громом. А може, там і її сини, може, вже закуталися в білий рантух снігу і кров біжить із них і малює червоні квіти.

Вона їх родила міцних і здорових, як ковбки²; чим була грубіла, тим більше робила, по кожній дитині була все краща й веселіша; а молока – то мала такого, що могла дітей не плекати, а купати. І чоловіка мала дужого й милого, і маєток.

То як, бувало, жнуть на ниві цілу ніч, як дзвонять до сну дітям серпами, що позаду них понакривані спали, то чого їй тоді було треба або чого боялася? Хіба, щоб звізда не впала дітям на голову; але вона була жвава така, що і звізду ймила би на кінчик серпа.

А як нажали копу, то спочивали. Молодий чоловік цілував її, а вона сміхом зганяла з нічлігу птахи. Аж як їх тіні досягали кінця ниви, а місяць заходив, то лягали коло дітей, а рано сонце будило їх разом з дітьми. Вона їх провадила до кернички і сполікувала росу з голов, а найстарший двигав для батька воду в збанятку. Чоловік лишався в полі, а вона йшла з ними додому: одно на руках, а двоє коло запаски. А по дорозі гралася ними, як дівка биндами. Любувала й голубила їх. Хіба ж часу жалує? Моцна й здорова, все скоро зробить. Діти росли всі, ні одно не слабувало. Пішли до школи. Ходила за ними по всіх містах, носила на плечах колачі й білі сорочки, ноги ніколи не боліли її. А як у Львові заперли їх до арешту за бунт, то сіла на колію, а та колія так бігла й летіла до синів, мовби там у машині, напереді, горіло її серце. Між тими панями-мамами почула себе в перший раз у житті рівною зі всіми панами й тішилася, що сини поставили її в однім ряді з ними. А на вакації з'їздилися товариші її синів з усіх усюдів, хата начеб ширшала, двором ставала. Співали, розмовляли, читали книжки, ласкаві до простого народу, і нарід до них прилип, коло них цвів: збирався їх розумом добувати мужицьке право, що пани з давен-давна закопали в палатах. Ішли лавою з хоругвами над собою, і пани їм проступалися.

А як настала війна, то оба старші зараз зачали збиратися, а й найменший не хотів лишитися. Лагодила їх цілу ніч у дорогу, затикала кулаками рот, аби їх не побудити. А як почало світати, на зорях, як побачила їх, що сплять супокійне, то й сама заспокоїлася. Сіла біля них у головах, гляділа на них тихенько від зорі до сходу сонця і – в той час посивіла.

Вранці чоловік, як побачив,то сказав:

– Твоя голова їх вівчила, нехай же тепер і сивіє. Відтак проводила їх до міста. Що крок ступила, то все надіялася, що котрийсь зі старших обернеться до неї і скаже:

– Мамо, лишаємо тобі найменшого на поміч і потіху. Але ні один не звернувся, ні один не сказав того слова. Сиви стерні передавали в її душу свій шепіт, шелестіли до вуха.

"Таж вони зреклися тебе; паничі забули мужичку". Гірка крапелька просякла з її серця і втроїла її відразу.

В місті зійшлося їх сила, паничі і прості хлопці.

Хоругви й прапори шелестіли над ними і гримів спів про Україну.

Попід мурами мами держали серця в долонях і дули на них, аби не боліли. Як заходило сонце, то прийшли до неї всі три, прийшли попрощатися.

Відвела їх трохи набік, від людей.

Вийняла з рукава ніж і сказала: найменший, Дмитро, най лишиться, а ні, то закопає зараз у себе ніж. Сказала це і зараз зрозуміла, що перетяла тим ножем світ надвоє:

на одній половині лишилася сама, а на другій – сини тікають геть від неї... І впала.

Пробудилася, аж як земля дудніла під довгими рядами, що співали січову пісню.

Дмитро був біля неї.

– Біжім, синку, за ними, аби-м їх здогонила, най мені, дурній мужичці, простять. Я не знала добре, я не винна, що моя голова здуріла, як тота Україна забирає мені діти...

Бігла, кричала: Іване, Андрію! Всі бігли за тими довгими, рівними рядами синів, падали на коліна й голосили.

Марія прочуняла з півсну-спомінів, заломила руки та й кричала:

– Діти мої, сини мої, де ваші кістки білі? Я піду позбираю їх і принесу на плечах додому!

Чула що лишилася сама на світі, глянула на небо й зрозуміла, що під тою покришкою сидить сама і що ніколи вже не вернуться до неї її сини, бо цілий світ здурів: люди і худоба.

Тікало все, що жило. Ще недавно нікому доріг не ставало. Діти несли за ними добуток, одні одних стручували в провали, ночами ревіли корови, блеяли вівці, коні розбивали людей і самих себе.

За цими здурілими людьми горів світ, немов на те, щоби їм до пекла дорогу показувати. Всі скакали в ріку, що несла на собі багряну заграву і подобала на мстивий меч, який простягся здовж землі. Дороги дудніли й скрипіли, їх мова була страшна і той зойк, що родився зі скаженої лютості, як жерло себе залізо і камінь. Здавалося, що земля скаржиться на ті свої рани.

А як стрінулися над рікою, то гармати виважували землю з її предвічної постелі. Хати підлітали вгору, як горючі пивки[3], люди, закопані в землю, скам'яніли й не могли підвести руки, щоби перехрестити діти, червона ріка збивала шум з крові, і він, як вінок, кружляв коло голов трупів, які тихенько сунули за водою.

По битві копали гроби, витягали мерців з води. Поле за кілька днів зродило богато, богато хрестів., І поміж ті хрести попровадили солдати її найменшого сина за те, що царя називав катом. Казали, що ведуть його на Сибір. Далеко би йти, кров буде течи з хлоп'ячих ніг, сліди червоні... А й старий повіз офіцирів попри ті хрестики і пропав досі.

– Ой небоженєта, лишили ж ви мене саму стерегти з совами ваших пустих хоромів.

Як у Марії в голові спомини з жалем, з розпукою ткали плахту, щоби закрити перед її очима ту прірву в житті, то у ворота на подвір'я заїхали козаки.

Була люта, що ніколи не дозволяли їй лишитися в спокою, і казала до них голосно:

– А, вже йдете, рабівники!

– Нічого, матусю, рабувати не будемо у вас, хочемо нагрітися в хаті, пустіть. Душа замерзла в тілі. Відповіла:

– То йдіть грійтеси в студені хаті.

– А ви?

– А мене можете отут бити нагайками, а на коханку, як видите, я вже стара.

Один із козаків – молоденький ще був. – приступив і дуже просив, щоби вона та ввійшла враз з ними в хату; самі ж вони не ввійдуть.

– Ми ваші люди, – казав.

— А тому, що ви наші, то рвете тіло нагайками, а другі забирають та вішають людей; мерці гойдаються лісами, аж дика звір утікає...

Молоденький козак так довго та гарно просив, що врешті увійшла з ними в хату.

Станула біля порога, а вони позасідали коло стола.

— Продайте нам що-небудь їсти; голодні ми, матусю.

— Що ж вам дам їсти? Там, на полиці, є хліб; а грошей ваших мені не треба, бо одні даєте, а другі заходите і назад відбираєте, та ще й б'єте. Цар ваш такий великий та богатий, та посилає вас без хліба воювати? Станьте на лавку та досягніть з полиці бохоня.

З хлібом стягнув з полиці й образ Шевченка, який був повернений лицем до стіни.

— Хліб бери, а образ віддай мені, то моїх синів. Такі, як ви, здоймали його з-під образів, кинули до землі і казали мені толочити по нім. Я його сховала в пазуху, а вони кроїли тіло пугами, що й не пам'ятаю, коли пішли з хати.

Вихопила Шевченка з рук, поклала в пазуху.

— Можете мене отут і зарізати, а образа не дам. Той молоденький козак, що так її гарно просив увійти в хату, приступив до неї, поцілував у руку і сказав:

— Матусенько, я ж за свято Шевченка сидів довго в тюрмі. Хіба ж ви не дасте нам образа, щоб ми його привели назад до честі й поставили під образами?

— А хто ж ви е? Що за одні? Відкіля приходите? Жидам позволяєте тримати свою віру й письмо, а наше все касуєте. Тепер сніг прикрив дорогу, але коли б не він, то ви би виділи, що всіми дорогами, по всьому селі розкинені наші книги з читалень. То, що бідний нарід встарав собі на науку для дітей, все то пішло під кіньські копита.

— Дайте, дайте нам образ.

Поволі витягнула й подала йому, бо й сама стала цікава, що вони з ним будуть діяти.

А вони поставили два хліби, один верх другого, сперли коло них малюнок, вийняли вишивані та гаптовані хустки та довкола прикрашували.

— Лиш дивіться, козаки, чи мило то буде цему образові, як ви єго вберете у рабоване жидівське плаття.

Та тут же, в тій хвилині, зірвався один з них, сивий уже, скинув із себе одіж козацьку: був без сорочки.

— Оце вам, матусю, наш рабунок, що всі ми без сорочок ходимо, хоч могли б богато придбати. А оці хустини, що ми ними Шевченка вбрали, це ж козацькі китайки, матусю. Наділили нас ими жінки наші, наші мами, сестри наші, щоби було чим голову вкрити в полі, щоби ворон очей не клював.

Марія глянула на них, непевно підступила й сказала:

— Ви, відий, тоті, що мої сини вас любили... українці...

— Ми самі один одного ріжем. Підлізла Марія на грядки, вийняла зі скрині сорочку і подала роздягненому.

— Вбирай, це з мого сина; бог. знає, чи верне, чи буде її носити.

Несміло взяв козак сорочку і надягнув.

— Не тратьмо часу, козаки, пошануймо батька, а хліба будемо їсти по дорозі. Ви ж знаєте, як ще нам далеко їхати, — сказав козацький старшина.

Почали співати.

Забриніли вікна, пісня поміж блеск сонця на склі вийшла надвір, побігла в село.

Жінки почули і ставали коло воріт, відтак коло вікон, а врешті несміливо входили до сіней і до хати.

– Маріє, що це в тебе? П'яні чи загулюють дівки співанками?

– Ні, це інші, другі...

– Які другі?

– Такі другі, що це наші; мовчи та слухай!

Марія отворила широко очі на козаків, подалася вперед, неначеб хотіла підбігти й не пустити їх спів з хати.

Пісня випростовувала її душу.

Показувала десь на небі ціле її життя. Всі зорі, які від дитини бачила; всю росу, яка падала на її голову, і всі подуви вітру, які коли-небудь гладили її по лиці.

Виймала ота пісня з її душі, як з чорної скрині, все чарівне і ясне і розвертала перед нею – і надивитися вона не могла сама на себе в дивнім світанні.

Десь там на горах сидить орел, пісня розвіває його крила, і подув цих крил гоїть її серце, стирає чорну кров з нього.

Чує, як сини держуться маленькими руками за її рукави, як ростуть з кожним звуком. Чує кожне їх слово, коли-небудь сказане, і кожну розмову за Україну. Всі невиразні і таємні назви випрядуються з волосся звізд і, як пребогате намисто, обіймають її шию.

Блискотять ріки по всій нашій землі і падають з громом у море, а нарід зривається на ноги. Напереді її сини, і вона з ними йде на тую Україну, бо вона, тая Україна, плаче й голосить за своїми дітьми; хоче, щоби були всі вкупі.

Те голосіння вплакується в небо; його покров морщиться і роздирається, а пісня стає у бога коло порога і заносить скаргу...

Як перестали співати, то Марія стала непорушне, як на образі намальована.

З купи жінок, яких богато зійшлося, одна, вже стара, приступила до стола.

– То ви наші? Богу дякувати, що ви вже раз прийшли,– говорила.

– Ой, ніхто, небожєта, нас не любить. Кілько переходило війська – всі нас не люблять. А кілько вони напсували народу! Аби де було: чи в місті, чи на дорозі, чи вже в своїм-таки селі, все чужі і чужі ми, і ніхто нам не дає віри.

– Їй, чого ж ви хочете від них? Це ж не наше войсько. Вони такі, як у книжках писано здавна або мальовано на образах, як вони ще наші були. А тепер вони московські. Де вони годні нам помогти? Отак, потихоньки, аби ніхто не чув, то забалакають.

– Ти молода, читати вмієш, то знаєш ліпше. Я гадала, що то наші.

– Це навіть не кажіть, бо за це може нам бути велика кара.

Старенька жінка скоро залізла в гурт жінок, що гляділи самою тугою і дихали розпукою.

Зате молода Катерина станула край самого стола.

– Оця Марія, що ми в неї, дивіться, як задеревіла від вашого співу. Вона банує за синами, що два пішли до наших охітників, а найменшого взяли москалі на Сибір! Десь-то він серед таких, як ви, напастував вашого царя, що дуже мучить наш нарід. А вони лиш хап його – та й пропав. Учені були всі, маєток за ними пішов великий. В селі ні одна мама так не банує за синами.

– Небого, Маріє, небого! – шептали жінки.

– То таки саме перед війною було, як ми сипали могилу отсему Шевченкові, що перед вами на столі. Сипали другі села на пам'ятку – та і ми. Клопіт такий був, бо старі не пускали вдень сипати, робота в полі, а ми змовилиси і сипали ночами: одні кіньми, другі тачками, інші лиш рискалями. Таку могилу висипали, як дзвіниця. І Марія з трьома синами помагала... Як ми її досипали, то світало, роса нас припала, і ми посідали довкола, бо ноги боліли. А старший син Маріїн виліз на сам вершечок та й так ладно говорив до нас, що з цеї нашої могили будемо дивитиси на велику могилу на Україні, щоби ми були всі одної мислі. Дививси так дивно, начеб поправді на зорях бачив Україну. Потім ми повставали і співали такі пісні, як і ви тепер.

Тут наблизилася Катерина козакові майже до вуха і шептала:

– Ваші пісні такі самі, як Маріїних синів. Тому не будіть її, най їй здаєси, що це її сини співають...

ПРИМІТКИ

1 – С п у з а – попіл.
2 – Ковбок – обрубок дерева.
3 – П и в к а – м'яч.

СІМ'Я ЛЕСЯ

Лесь за звичаєм поцупив у дружини трохи ячменю і ніс його до корчми. Не йшов, а мчав до корчмаря, та все озирався.

– Ну ось, біжить уже з пострілятами, щоб вам голови зламати! Тільки б заскочити в корчму, а то, як наздожене, знову на все село крик підніме.

І він, із мішком на плечах, припустився щодуху. Але дружина з дітлахами наздоганяла. І перед самою корчмою – цап за мішок!

– Ой, не біжи, ой, не поспішай, не винось моє трудове з дому!

– А ти, стерво, знову надумала на людях галас піднімати! Де в тебе сором-то?

– Сорому в мене з таким мужиком не було і не буде! Давай мішок і пропади ти пропадом. А не даси, поб'ємо. Ось разом із дітьми поб'ємо тебе посеред села! Осрамлю на весь світ! Давай!

– Та ти що, паскудниця, ти що, з глузду з'їхала? Та я тебе разом із твоїм кодлом здеру!

– Андрійко, синочку, – по ногах його, по ногах! Нехай наш хлібець по корчмах не розтягує! Перебийте йому ноги! На каліку ще заробимо як не те, а на п'яницю повік не напасёшься!

Хлопчики стояли з кийками і боязко дивилися на батька. Андрійку було років десять, а Іванку близько восьми. Вони не сміли підняти на батька руку.

– Бей, Андрійку, я за руку потримаю. По ногах його, по ногах! І вона вдарила Леся по обличчю. У відповідь він їй так рушив, що потекла кров. І тут підбігли дітлахи і почали бити батька по ногах палицями.

– Міцніше, синочку, перебий йому ноги, як собаці, щоб за собою волочив.

Вона плювала кров'ю, синіла, але тримала чоловіка за руки.

Діти вже розхрабрилися, і наскакували на батька, як щенята, і били по ногах, і відбігали, і знову били. Точно гру затіяли.

Із корчми вибігло кілька людей.

– Ну, такого ніхто споконвіку не бачив! Ще молоко на губах не обсохло, а дивись як луплять! Вистава на весь світ!

Хлопчаки били, як скажені, а Лесь і Лесиха стояли закривавлені, застиглі й не рухалися з місця.

– Гей, хлопці, не надірвіться тут із батьком!..

– Взяти б вам палиці довші, спритніше б діставати було!..

– Ззаду батька по голові, по лобі, по тімені!..

Так кричав якийсь п'яний перед корчмою.

Лесь скинув мішок на землю й очманіло стояв посеред вулиці. Такого нападу він ніяк не очікував і зовсім розгубився. Зрештою він ліг на землю і зняв киптар...

– Андрійку, і ти, Іванко, ідіть тепер, бийте, я й не ворухнуся. Ви ще маленькі, вам підбігати важко. Бийте! Ну!

Хлопчаки відійшли і здивовано втупилися на батька. Потім повільно випустили з рук палиці й уставилися на матір.

– Що ж ти їх не змушуєш бити, я ж ліг... Бийте!

Лесиха заревіла в голос.

– Чим же я, люди, винна? Я мучуся з дітьми на сухому хлібі чужими полями, а він, що не принесу, все в корчму тягне. Я вже тепер через нього і заробити не можу, мені з хати не можна вийти. Адже він нас без єдиної одежини залишив. Що не вхопить, усе несе на горілку міняти. Не можу я напрацювати і на дітей, і на корчмарів. Нехай робить, що хоче, а я не можу більше...

– Ну й бийте, пальцем не поворухну!

– Щоб тебе, чоловіче, бог побив за життя наше загублене, за цих сиріт! Та ми від твоїх побоїв із синців не виходимо, як воли з ярма. Горщика в хаті цілого не залишилося, все перебив. А скільки разів я з дітьми на холоду ночувала, а скільки ти вікон повибивав? Нічого я тобі не кажу, нехай тебе бог покарає за мене і за дітей! Вимолила ж я собі доленьку в бога!.. Люди, люди, не дивуйтеся, ви ще всього не знаєте...

Вона звалила мішок на плечі й потяглася з дітьми додому, як побита курка.

Лесь лежав на землі нерухомо.

– До в'язниці піду, до в'язниці навіки! Ну, ні, такого ще ніхто не чув і не почує. Такого натворю, що земля дибки!

Лежав і свистів у люті.

Лесиха винесла все з хати до сусідів. Спати лягла з дітьми на городі в бур'ян. Боялася, що чоловік прийде вночі п'яний. Дітям підстелила мішок і вкрила їх кожухом, сама стигла над ними в тілогрійці.

– Діти, діти, що тепер робити? Постлала я вам тут нині навік! І помрете, а від сорому не позбудетеся! Не в силах я ваш гріх відмолити...

І плакала, і прислухалася, чи не йде Лесь.

Небо тремтіло разом із зірками. Одна впала. Лесиха осінила себе хрестом.

Українська бібліотека

- *Енеїда* – Іван Котляревський
- *Захар Беркут* – Іван Франко
- *Борислав сміється* – Іван Франко
- *Гайдамаки* – Марко Вовчок
- *Інститутка* – Марко Вовчок
- *Хіба ревуть воли, як ясла повні?* – Панас Мирний
- *Лісова пісня* – Леся Українка
- *Тіні забутих предків* – Михайло Коцюбинський
- *Дорогою ціною* – Михайло Коцюбинський
- *Земля* – Ольга Кобилянська
- *Конотопська відьма* – Григорій Квітка-Основ'яненко
- *Камінний хрест* – Василь Стефаник

Бібліотека постійно поповлюється...

www.glagoslav.nl

www.ingramcontent.com/pod-product-compliance
Lightning Source LLC
LaVergne TN
LVHW041646060526
838200LV00040B/1729